Avertissement

Je me suis attachée à ce que ce récit soit le plus fidèle possible à mon vécu. Pour des besoins littéraires, de propos et de respect de la vie privée, certains éléments et personnages secondaires sont légèrement modifiés. Ce texte se situe entre le témoignage, le récit et l'essai. Mais c'est avant tout un outil de combat.

« La prescription se justifie de plusieurs manières. La plus couramment admise, aujourd'hui, est qu'il s'agit d'une façon de sanctionner la négligence de la société. Si celle-ci n'a pas réagi pour poursuivre à temps, tant pis pour elle. L'autre raison, c'est qu'avec le temps, les traces des infractions s'effacent, disparaissent. »

PHILIPPE CONTE, PROFESSEUR DE DROIT, DIRECTEUR DE L'INSTITUT DE CRIMINOLOGIE DE PARIS-II PANTHÉON-ASSAS. ENTRETIEN POUR LIBÉRATION (24/10/2009).

Aux enfants.
Et à tout ce qui nous permet de le rester.

Introduction

Quand je pense que j'avais de grandes chances d'être toxicomane, alcoolique ou prostituée. Les trois à la fois même. Selon d'autres statistiques, il y avait également une probabilité élevée que je meurs précocement par accident, suicide ou maladie, que je sois immunodéprimée ou que je souffre de diabète, d'obésité, d'épilepsie, de troubles psychiatriques et/ou cognitifs.

J'espère que c'est seulement ou, sinon ça fait beaucoup. Aussi, pour ne rien dramatiser, le terrain était favorable à ce que je sois sujette à la dépression, aux addictions sévères et aux troubles de l'alimentation. Enfin, selon une autre étude, je cochais toutes les cases pour m'amouracher d'un homme instable qui me maltraiterait jusqu'à peut-être finir par ajouter un féminicide au compteur. Un crime contre lequel la société s'indignerait sur quelques plateaux-télé le temps d'une soirée et se donnerait vite la peine d'oublier.

Alors bien évidemment, je trouve que je ne m'en sors pas si mal, à l'aube de mes 40 ans, puisque je suis majoritairement sans emploi et sans revenus, sans logement, sans conjoint et sans enfants, mais en vie. Une vie « sans », mais en vie. Et en vie sans consommer d'anxiolytiques ni d'antidépresseurs. Je dors mal mais je dors sans somnifères. Une de mes plus grandes fiertés.

Je m'estime également chanceuse d'avoir réussi à réduire ma consommation de cigarettes de trois paquets par jour à 1 mg de nicotine dans une vapoteuse. Une petite, de la taille d'un stylo-bille. En revanche, je vapote sans arrêt.

J'ai d'excellents bilans sanguins et une consommation d'alcool tout à fait maîtrisée. Malgré tout, il est vrai que j'ai quelques TOCs, la phobie des chats et une certaine prédisposition à faire des rencontres douteuses. J'ai également connu quelques épisodes qui s'apparentent à de l'anorexie et d'autres à de la boulimie.

Mais j'ai toujours su m'arrêter à temps. Déjà parce que je déteste vomir. Mais surtout, je voulais éviter l'hospitalisation. J'ai toujours détesté les hôpitaux. L'odeur, ses couleurs, ses couloirs, les sons, les stores. Ceux en lamelles. Et sans en connaître le motif, je n'avais qu'une confiance très relative dans le monde médical.

Pour continuer ce portrait flatteur, qui ferait fuir le plus coriace des inscrits d'une appli de rencontres, je dois aussi reconnaître que parfois, souvent même, des idées noires m'encombraient. Elles m'habitaient au point qu'elles se mélangeaient à mon identité ou à ma façon de m'habiller.

Des idées très noires. Suicidaires même. Sans trop comprendre pourquoi. C'est d'ailleurs sans doute ce qui les rendaient si obscures et si violentes, ne pouvoir les expliquer. J'étais censée tout avoir pour aller bien, et pourtant... Mais surtout, j'étais suffisamment lucide pour reconnaître que je serais incapable de me suicider. Et c'était peut-être ça le plus douloureux. Avoir envie d'en finir mais se rendre à l'évidence que ça serait impossible de passer à l'acte. Par peur déjà. Car l'idée de mourir, avec son éventuel lot de souffrances physiques, restait effroyable, même lorsque aucune autre issue ne semblait viable. Mais aussi, par simple obligation envers sa propre nature, victime d'une infime mais tenace pulsion de vie.

Et je savais que, de toutes les façons, je me serais ratée. Ce qui me donnait encore plus envie d'abréger le supplice tant tout cela devenait pathétique. D'où, sans doute, mon désir inconditionnel de voir voté le droit à l'euthanasie, de mon vivant.

Bien sûr, j'ai plusieurs fois essayé d'aller parler de mon état à des psychologues. En vain. Mes appels au secours ont toujours été des échecs cuisants. C'était la même routine : j'entrais dans le cabinet, je m'asseyais, le malaise m'envahissait, je souriais et je passais le temps accordé à faire bonne impression à mon interlocuteur. C'est tout ce qui m'importait, sauver les apparences.

Je me souviens d'un rendez-vous que j'aurais simplement dû avoir le courage d'annuler. J'ai honoré la séance, emmurée dans mon incapacité à me livrer. Et j'ai joué la psy du psy. Quitte à rater le rendez-vous, j'ai pensé que ça ferait du bien au thérapeute, pour une fois, qu'on lui accorde un peu d'attention dans sa journée. Qu'on l'écoute. J'ai demandé « Vous allez bien ? » J'ai enchaîné, « Il est joli votre bureau, c'est du bois de cerisier ? Et dans votre métier, ça va ? Ce n'est pas trop pénible ? Je veux dire, est-ce que vous parvenez à vous préserver des mauvaises vibrations de vos patients ? Vous êtes heureux ? » Le psy jouait le jeu et répondait. Je me suis également appliquée à lui décrocher quelques sourires, pour égayer sa journée. Je ne voulais pas qu'il puisse penser qu'il perdait son temps. Ou lui laisser une mauvaise impression. Heureusement, la supercherie n'a duré qu'un quart d'heure et m'a coûté 100 euros, c'était l'approche Lacan.

J'ai passé la porte d'une quinzaine de psys parisiens comme ça. Des psys que je n'ai vus qu'une fois, chez qui j'ai traîné mon errance sans réussir à la montrer. En général, au moment de prendre un prochain rendez-vous, je prétextais de l'étourderie en disant que j'avais oublié mon agenda à la maison. J'expliquais que je rappellerai pour convenir d'une date. Je savais que si le rendez-vous était pris de visu, je serais coincée et ne saurais l'annuler par la suite. Donc, je saluais le psy sur un « Je vous rappelle tout à l'heure » et je disparaissais dans la nature. Laissant le praticien penser « Encore une barge », ou hypothèse plus probable, permettre à l'indifférence de triompher. Puis, quand la douleur était à nouveau trop forte, que la noirceur en moi se confondait avec mon ombre, que j'avais une centaine d'euros sur mon compte bancaire à investir dans une partie de poker thérapeutique, j'essayais un nouveau psy. Un peu comme dans l'arrêt du tabac, je me disais que, peut-être, chaque tentative soldée par un échec me rapprochait d'un succès…

Quand j'y pense, personne ne va chez un psy pour lui prouver qu'il va bien, lâcher un chèque, un sourire, trois boutades et s'en aller. Même une séquence de caméra cachée aurait été plus subtile. Et je n'ai jamais eu les moyens de reproduire ce numéro de claquettes suffisamment longtemps, et suffisamment souvent avec le même thérapeute, pour réussir, peut-être un jour, à me sentir en confiance et parler. Et finir par trouver l'origine du mal.

Il aurait fallu me courir après. Il aurait fallu me rattraper dans la cage à escaliers. Bloquer les portes de l'ascenseur. Me rejoindre dans la rue. Me rappeler sur mon portable. Insister. Se donner du mal pour trouver les mots afin de m'aider à parler, à me confier, à me sortir des ténèbres. Faire quelques gestes qui sortiraient de l'ordinaire pour venir me sauver. Tendre une main et me forcer à l'attraper. Me supplier d'oser. Oser dire que j'allais mal. Me rassurer en me disant qu'en réalité, tout le monde va mal, chacun s'attelle simplement à bien le cacher.

Le monde n'est qu'un feu d'artifice d'apparences trompeuses, dont chaque étincelle qui perce la nuit reflète sa déficience. M'aider à confier mes insomnies. Mes terreurs nocturnes. Mettre des mots sur l'ordre qui régnait dans mon appartement. Sur la disposition millimétrée de certains objets. Sur mon besoin insatiable de me laver. À confier, par exemple, qu'à 16 ans, trônait sur le mur de ma chambre une page du journal *Libération* qui titrait « Si mon image était ma vérité, je ne me fréquenterais pas moi-même ». Ce titre illustrait parfaitement mon état, sans que je ne comprenne bien pourquoi. Je me disais qu'il s'agissait de la banale complexité de l'adolescence sans doute. Mais ces mots tapaient au bon endroit. Un drôle d'endroit.

J'aurais aimé confier que j'enchaînais les relations mais que je ne me sentais pas sexuée. Ni homme ni femme. Ni chien, chat ou étagère. Rien. Plutôt vide. Vide de libido. Vide de moi. Mais saturée de maux et de pensées torturées. Remplie de violence dirigée contre moi.

Confier que le désir de la plupart des hommes m'indisposait. Je l'appréhendais comme un affront. Une menace. Mais souvent, lorsqu'un homme me désirait, je cédais. Convaincue que j'étais responsable de ce désir. Que je l'avais cherché, provoqué. Aliénée par cette croyance universelle que les femmes sont des tentatrices. J'avais beau dire, et penser, non, je ne veux pas me donner, avant tout, je ne voulais pas contrarier, ou blesser. Ne pas blesser l'autre, puisque moi, c'était déjà fait. Depuis longtemps, je m'étais abandonnée.

Confier que je trouvais merveilleux de pouvoir être une femme, mais que je détestais avoir à en payer les frais. J'exécrais l'idée que cette catégorie, victime de sa nature et de son genre, me colle aux chromosomes. Au point de vouloir alerter certaines personnes transgenres de sérieusement songer à tous ces désagréments avant leur transformation.

Confier que je ne savais plus si tout mon mal-être n'était peut-être qu'un caprice, celui d'une fille pas trop moche, trilingue, diplômée et bien éduquée. Un peu trop gâtée, et ordinairement victime de l'inconsistance d'une société égarée.

Confier que mon père, parti trop vite et trop tôt, me manquait toujours plus malgré les années qui passaient. Qu'aucun homme ne parvenait à l'égaler. Et que pourtant, sa mort m'avait libérée. Je la bénissais. Et puis confier tant d'autres choses, bien plus dérangeantes. Bien plus choquantes. Bien plus graves. Mais rien ne sortait et aucun psy ne s'est alarmé de me voir entrer et sortir de son cabinet à la vitesse de l'éclair.

Passer en coup de vent chez un psy, personne ne fait ça. Enfin, je ne crois pas. Sauf quelqu'un qui va terriblement mal et ne sait pas vers qui se tourner. Sauf quelqu'un qui frôle l'asphyxie à chaque respiration. Sauf quelqu'un qui ne sait plus si elle redoute davantage d'avoir les yeux ouverts ou fermés. Si c'est le silence qu'elle fuit ou si c'est le bruit. Le mouvement ou l'immobilité. C'était mon cas. Et personne n'a jamais rien vu. Et c'est à ça que je me suis employée toute ma vie, à ce que personne ne voit rien. Masquer que j'allais mal, à défaut de pouvoir montrer que j'allais bien. Ne pas inquiéter. Ne pas déranger. Ne pas perturber l'équilibre fragile des autres avec ma colère et mon incapacité à vivre. Me montrer d'excellente compagnie, et sinon, m'éclipser. Par respect. Par pudeur. Me contenter de rester en retrait lorsque la souffrance était trop insupportable et finirait par se voir. Rester à l'écart et apprendre à maîtriser l'art de savoir s'isoler, sans se faire remarquer. N'être indispensable à personne pour toujours pouvoir m'en aller. Être présente de manière sporadique, quand la sociabilité m'était possible. Quand ma présence à moi-même m'était tolérable. Quand ma torture intérieure m'offrait un court répit ou la vague sensation d'être supportable.

Ainsi, lorsqu'on me croisait le temps d'une soirée ou d'un café, on me devinait libre et indépendante. Insaisissable aussi. Épanouie même, pour les plus observateurs. Pétillante également. Ce qui, par définition, est un état très éphémère. Un pschitt dans l'atmosphère. Mais le mot qui revenait le plus souvent c'est « solaire ». Je suis solaire. Pourtant, je vivais dans le noir. Dans une nuit qui a duré presque une vie. J'ai construit mon existence sur une illusion monochrome. Sur d'éphémères et minuscules traits de lumière morcelant légèrement une intense obscurité. Sur des sourires flamboyants que je collais sur mon âme pour en voir chez les autres, comme des reflets réconfortants auxquels m'agripper provisoirement. Lors de mes brèves apparitions en société, je n'étais en quête que de cela, entendre des rires et voir des sourires. Je m'appliquais à les déclencher avant de devoir retourner me cacher. Avant de baisser le rideau et rejoindre ma loge sombre et exiguë, comme un vieux clown solitaire. Avant de trouver refuge dans le sommeil. Dans la rêverie et des mondes imaginaires. Avant de pouvoir comprendre ce qui me rongeait le cœur et les tripes depuis tant d'années. Avant de saisir qu'on m'avait assassinée avant même que je commence à vivre. Avant de pouvoir affirmer que si Dieu existe, soit il est fou, soit il est impuissant, mais pour sûr, il est une arnaque. Avant que le verdict ne tombe : amnésie traumatique.

1

Tout commence par la fin. Presque par la fin. Juste un peu avant. Autour de l'été 2021. Lorsque les urgences psychiatriques commençaient à saturer et la consommation d'anxiolytiques à exploser. C'était après trois confinements et huit mois de couvre-feu. C'était quand chacun, à un moment donné, avait croisé dans le miroir le tableau d'Edvard Munch, *Le Cri*. C'était quand la vie du monde entier s'était soudain mise à ressembler d'un peu trop près à la mienne.

C'étaient presque sept milliards d'individus enfermés, démunis, reclus et à la merci d'une force supérieure douteuse. C'était quand la Terre s'était transformée en cul-de-sac géant, remplie de montagnes infranchissables et d'océans profonds, pollués pour la plupart. C'était quand je ne distinguais plus mon monde intérieur du monde extérieur. Que je n'étais plus simplement confinée dans mon corps et ma psyché dérangée, mais que j'étais coincée sur Terre. Qu'il n'y avait plus de frontières. Pourtant elles existaient plus que jamais puisqu'elles étaient toutes fermées. C'était quand ma douleur, propulsée en dehors de mon enveloppe, se répandait sur le monde comme du mazout. C'était quand le monde visible s'effritait au gré des mutations d'un virus au point que les scénaristes de la série dystopique et d'anticipation *Black Mirror*, sollicités pour écrire une nouvelle saison, s'étaient résignés à jeter l'éponge. C'était quand il n'y avait plus aucun artifice avec lequel biaiser la pensée, seule l'arrivée paralysante de quelques QR codes censés déverrouiller certains accès. C'était quand toute la misère du monde explosait au grand jour. Elle venait titiller ma familiarité aiguisée avec le sentiment d'injustice et nous renvoyait tous à notre impuissance. Les femmes battues plus battues que d'ordinaire, les animaux plus maltraités, les précaires plus mal lotis encore, les migrants plus noyés, les pauvres plus pauvres, si cela était possible, les riches plus riches, si cela était imaginable. C'était quand la vie à l'échelle du globe n'était qu'une manifestation exponentielle de mon intériorité : une prison invisible mais bien palpable. C'était là, et pas avant, qu'on m'a proposé de revenir travailler à *Europe 1* et d'intégrer l'équipe d'une nouvelle émission.

Une émission dédiée au bien-être, à la santé, au feel-good. J'ai pensé, cette fois c'est sûr, on veut ma mort. Un magazine dans lequel les invités sont des psychologues, des psychiatres, des médecins, des coachs, des nutritionnistes. Et tout un éventail de spécialistes du bonheur triés sur le volet. Exactement le genre d'émission que je n'aurais jamais eu l'idée d'écouter. Tout à fait le style de concept qui pouvait me faire tourner de l'œil rien qu'à le nommer. Mais qui semblait se justifier pleinement dans la période que la société traversait. Je me disais que mon mal-être et moi allions participer à une émission bien-être. Et nous allons être payés pour le faire ? Je touchais du doigt le sommet de l'imposture, mais quitte à ne rien comprendre à l'existence, quitte à accepter que la vie ne soit qu'une longue et corrosive ironie, je devais tenter le pari.

Il faisait chaud ce matin d'août 2021. J'étais assise dans le studio Lagardère. Plutôt sereine, malgré l'enjeu. C'était la rentrée, avec sa nouvelle grille et tout un tas d'ajustements dans la programmation. Il y avait une tension palpable dans les locaux. Du stress derrière les micros. De la sueur sur les conducteurs. De nombreux journalistes et animateurs avaient quitté le navire au début de l'été, après le rachat redouté de l'antenne par un nouvel actionnaire. Pour ma part, comme à mon habitude, j'observais un décalage. Simplement soulagée de retrouver une activité régulière. Un rendez-vous avec le réel.

Que la ligne éditoriale soit corrompue ou pas, qu'un multi-milliardaire puisse posséder un média afin d'y diffuser son éventuelle pensée conservatrice, c'était le dernier de mes soucis. Tant qu'on ne me demandait pas de politiser mes chroniques feel-good et tant que chacun resterait libre d'écouter ou pas, alors ainsi soit-il. Rothschild a bien possédé le journal *Libération*, Xavier Niel *Le Monde*, et le *Washington Post*, figure du journalisme indépendant, appartient à Jeff Bezos. Ce qui semble finalement le plus gênant n'est pas tant que des hommes achètent des médias, c'est plutôt qu'aucune femme ne le fasse. Et on m'aurait proposé de présenter le tiercé ou un point route, je l'aurais également accepté. Après l'arrivée du Covid et de tout l'absurde qui l'avait accompagné, de mon côté, il était uniquement question de survie. Je n'avais engrangé aucun revenu depuis près de deux ans. J'avais des dettes. Beaucoup de dettes. Un abonnement au RSA. Un appartement que des amis me prêtaient « le temps de ». *Un temps de* qui s'éternisait. Tous mes projets artistiques à l'arrêt, sur pause, reportés, et pour certains, enterrés. Aucun horizon dégagé. Alors bien sûr, gagner soudain 800 euros nets par mois, être rémunérée en cachets intermittents et peut-être un jour retrouver un statut social, tout en m'attelant à diffuser du feel-good sur les ondes, c'était une occasion inouïe de peut-être enfin sortir d'une longue impasse.

On attendait que les interminables annonces publicitaires se terminent dans une ambiance studieuse. Je surveillais le décompte en réglant minutieusement le volume de mon casque afin de trouver le niveau sonore parfait. Celui qui me permettait d'entendre les interventions des autres chroniqueurs lors du retour de ma propre voix, sans me donner l'impression de n'entendre que les leurs.

Depuis la régie, le réalisateur a soufflé « Attention, on reprend ». Je me suis rapprochée du micro, prête à dégainer de la bonne humeur dès que l'animatrice m'aurait introduite. Je relisais en vitesse les premières lignes de ma chronique pour me donner toutes les chances de réussir ma lancée, quand deux mots ont surgi dans ma tête : autographe Sting. Aussitôt j'ai pensé, il ne faut pas que j'oublie. Je me suis concentrée. Je me répétais, n'oublie pas, n'oublie pas. Sting, Sting, Sting. Cette pensée bataillait avec la fin d'une annonce publicitaire qui s'égosillait dans mon oreille. Une voix de femme débitait en accéléré une quantité pharamineuse de mots en un temps record. Comme si un TGV lui fonçait dessus et qu'il lui fallait dire ses dernières vaines volontés avant d'être percutée. « Sans frais supplémentaires. Sans obligation d'achat. Réservé aux particuliers. Détails de l'offre et des remboursements dans les magasins participants et sur notre site. Offre non cumulable. Dans la limite des stocks disponibles. »

De mon côté, je ressassais Sting dans ma tête : « N'oublie pas de noter Sting. » Jusqu'à ce que j'entende la voix de l'animatrice reprendre les rênes de l'émission. « C'est maintenant la séquence tendance de notre émission, et on va commencer avec le Niksen, si j'ai bien compris c'est l'art de ne rien faire chez les Hollandais, c'est bien ça ? Alors Elsa, dites-nous de quoi il s'agit. C'est à vous ! »

J'ai laissé ma mâchoire prendre la forme d'un sourire, car il faut toujours avoir le réflexe de sourire lorsqu'on parle au téléphone ou à la radio, même si c'est un sourire artificiel. C'est un principe basique. Un truc organique tout bête qui modifie le ton de la voix et lui confère de meilleures ondes.

J'ai pris une grande respiration et j'ai déroulé ma chronique. En direct. Cette temporalité qui m'a toujours fascinée parce qu'elle ne laisse aucune place aux éventuelles idéalisations du passé, ni aux spéculations de l'avenir. Ce ne sont que cinq minutes de direct, mais pour moi, c'est un paradis de calme intérieur. C'est un accès au silence. C'est la mort subite d'une pensée rayée. D'un mental anxiogène. Car en direct, je ne pense qu'au direct. En direct, j'ai l'impression de faire partie du monde. Je souris, je respire, je vis, je suis là. Pour le formuler autrement, en direct, j'oublie que je ne suis jamais là.

2

Dès que j'ai passé la porte de l'appartement, je me suis empressée d'attraper mon Moleskine posé en évidence sur la table basse du salon. Je l'ai ouvert au niveau du marque-page, et juste après « Boule à neige Tour Eiffel. 1988 », j'ai écrit « Autographe Sting. 1997. McDonald's ». La liste s'allongeait. Elle faisait désormais plus de trois pages.

J'essayais de m'assurer que je n'oubliais rien qui pourrait compléter cette nouvelle ligne. C'était à Toulouse, place du Capitole. J'avais 16 ans. D'ailleurs je sortais de l'hôpital. Un truc idiot. Un matin, je m'étais levée avec une petite boule sous le pied droit, au niveau du talon. Le médecin avait expliqué que ça devrait se résorber tout seul. Cependant, il avait suggéré qui si la petite boule venait à trop me gêner, il faudrait éventuellement songer à une intervention chirurgicale. Et il avait précisé que le plus tard possible serait le mieux, puisque le pied regorgeait de connexions nerveuses, il fallait éviter d'y toucher. Malgré ma phobie des hôpitaux, lorsque j'ai compris que cette opération nécessiterait quelques jours à la clinique, d'autres en rééducation et plusieurs semaines avec des béquilles, je n'ai pas attendu que la petite boule puisse disparaître d'elle-même pour déclarer qu'elle me gênait beaucoup. Beaucoup trop.

Lors de mon entrée au bloc opératoire, j'étais apaisée. Heureuse de faire l'école buissonnière avec autant de monde à mon chevet. Et je m'enthousiasmais sans délai de l'attention qu'on allait bientôt me porter lorsque j'allais arpenter la vie avec des béquilles. Secrètement, j'avais un léger espoir que, peut-être, l'opération ne se déroule pas comme prévu et que je puisse rester pour l'éternité dans l'état que j'étais venue chercher : l'anesthésie générale.

J'étais très déçue lorsque je me suis réveillée. Mais je n'ai pas souvenir d'avoir su partager ce regret avec qui que ce soit. En revanche, lorsque des copains de classe qui n'avaient jamais vécu d'anesthésie m'avaient interrogée, inquisiteurs comme si je revenais de la guerre, j'avais expliqué que mon appréhension n'avait pas été de ne jamais me réveiller après l'opération, la seule chose que j'avais redoutée, c'était de me réveiller pendant.

Quelques jours plus tard, équipée de béquilles qui épuisaient mes biceps et me faisaient regretter l'opération, je déjeunais chez McDonald's avec une copine. Le leader du groupe Police était assis à la terrasse du café à côté, entouré de deux hommes. Ses musiciens sans doute, à vrai dire je ne m'en étais pas inquiétée. Dès que nous avions reconnu Sting, il nous avait fallu laisser nos frites se recongeler et voir fondre les glaçons de nos Coca pour réussir à trouver l'aplomb d'aller lui parler. Pour lui dire quoi ?

Rien. Il n'y avait rien à lui dire. Mais lorsque Sting s'est levé, qu'on a compris qu'il s'apprêtait à partir, nous avons décidé d'aller lui demander un autographe. Le temps de sentir nos cœurs tambouriner, nous avions rejoint sa table. Nous étions plantées devant lui comme deux groupies. Dont l'une, éclopée. Entre deux ricanements j'ai balbutié quelque chose comme *« Hello, we like your music ! Yes, great. Message in a bottle, all that. Can you sign for us please ? »* Je me suis appuyée sur une béquille et de l'autre main, j'ai tendu nos tickets de caisse du McDo en rigolant, un peu gênée. De mon audace, plus que du bout de papier que je proposais. Les béquilles m'avaient donné cet élan, sans elles, je serais sans doute restée assise à mâchouiller la même frite et à fumer tout mon paquet de cigarettes.

Sting a souri, l'air flatté. Il a regardé les tickets de caisse avec amusement. Il les a attrapés. Il a récupéré un stylo dans la poche intérieure de son manteau, l'habitude peut-être, tout en me demandant mon prénom. Pendant que le chanteur s'adonnait à ma dédicace, je jetais un œil autour de nous. J'espérais que personne ne nous avait remarquées, un léger sentiment de honte m'habitait. Malgré les apparences, je savais que ce n'était pas un autographe que j'étais venue chercher.

Il m'était déjà arrivé de croiser des personnalités, mais je n'avais jamais demandé d'autographe. Au fond, je trouvais ça ridicule les dédicaces. Ça ne sert à rien un autographe. Ça finit dans un tiroir, un boîtier de CD, sur eBay ou pour les plus fanatiques, dans un cadre, au-dessus d'un bureau. Quoi qu'il en soit, ça reste un gribouillis sur du papier. Parfois avec le logo McDonald's en filigrane.

Sting m'a tendu le ticket, accompagné d'un clin d'œil. Je lisais, *« For Elsa. With Love. Sting. »* Il a fait de même pour mon amie. Puis il a posé son chapeau sur la tête. Il l'a vissé d'un geste vif comme s'il fermait un pot de confiture. Il a dit *« Ba-bye »*. Et il est parti. Je le regardais s'éloigner et j'étais soudain dévastée. Quelque chose en moi s'était attaché à lui, comme si une ancre m'avait accroché l'âme.

Lorsque Sting se trouvait à une dizaine de mètres de la terrasse, et que mon amie et moi le regardions s'éloigner, nos autographes dressés devant le nez, Sting s'est tourné en notre direction. J'ai cru qu'il avait ressenti l'ancre lui aussi. J'ai pensé qu'il venait me chercher. Qu'il venait me libérer de cette espèce de bourreau invisible qui logeait au plus profond de mes entrailles et gardait mon âme en quarantaine. J'espérais qu'il fut ce fameux prince charmant qu'on nous faisait toutes miroiter et que j'attendais secrètement depuis l'éternité. Qu'il venait enfin me délivrer.

Sting a relevé son chapeau avec élégance. La tête inclinée, il s'est courbé légèrement. Il a fait quelques pas en arrière, sa main qui tenait le chapeau brassait l'air comme si elle battait des œufs. Puis Sting s'est redressé avec un grand sourire. Il a revissé le chapeau sur sa tête, il a rapidement pivoté, laissant le bas de son long manteau noir clôturer le mouvement, puis il s'est éclipsé. Et je me suis sentie ridiculement abandonnée. À nouveau propulsée dans cette sensation si familière d'être étrangère au monde. Absente du décor, rattrapée par le simple poids de la gravité.

Nous regardions sa silhouette traverser la place du Capitole, étonnées que personne ne l'importune. Certains se contentaient de se retourner, après coup. Et faisaient comme nous, ils le regardaient marcher, de dos. En se disant, oh, c'était Sting !

Sur la ligne « Autographe Sting. 1997. McDonald's », j'ajoutais « *For Elsa. With Love. Sting* ». Je regardais la retranscription de mon souvenir et je me disais que peut-être, parfois, ça pouvait servir à ça un autographe. Ça pouvait servir à retomber dessus par hasard, dans un moment où on ne s'y attendrait pas. À se remémorer un bout du passé, 10, 20, 50, 70 ans plus tard. À se rassurer. À se raccrocher à l'idée que la vie n'est pas qu'un mirage et permettre à des bribes joyeuses de notre existence de jaillir sans prévenir, et de nous dessiner un sourire.

Dans d'autres vies que la mienne, ça devait servir à cela. À condition de retomber fortuitement sur le ticket de caisse dédicacé lui-même, plutôt que sur une ligne dans un cahier. Une ligne qui me rappelait surtout que cet autographe, je ne l'avais plus.

Je regardais la ligne et je pensais que c'était peut-être celle de trop. Celle des émotions ambivalentes. Celle qui m'invitait sans doute à mettre un point final à ce rituel étrange auquel je m'adonnais depuis plusieurs mois. Et qui présageait du pire.

3

J'avais pris rendez-vous chez ma kinésiologue. Je ressentais le besoin d'un rééquilibrage. Bizarrement, plus je participais à une émission censée propager du bien-être, plus quelque chose en moi de radicalement défaillant grandissait.

Les sujets traités avaient pour ambition d'apporter toujours plus de bons conseils aux auditeurs, dans tous les pans de leur vie. La cause était noble mais cette prise en charge du bonheur des autres me renvoyait sans cesse à mon sentiment d'échec personnel. Comme si le but suprême de l'existence était de s'épanouir dans un slogan de marque de shampoing « Prends soin de toi », « Parce que tu le vaux bien ». Une injonction permanente à être heureux, en forme, à gérer son alimentation – ni trop grasse, ni trop salée, ni trop sucrée – à organiser son temps libre, à performer dans ses loisirs, à réussir l'éducation de ses enfants, de son chien, à accepter son corps, ses cheveux, ses poils de nez, toute une panoplie d'objectifs anxiogènes qui me faisaient ressentir non seulement les failles d'une société atteinte d'une maladie dégénérative à l'échelle mondiale, mais surtout, mon incapacité à en faire partie, comme à m'en extraire.

J'étais installée sur la table de massage. La femme d'une cinquante d'années, les cheveux noirs crépus, la peau blanche et deux ronds de blush sur les joues, s'est approchée de moi en frottant ses mains pour « libérer les flux d'énergies ». Les yeux pétillants, elle respirait la joie, comme toujours. Et l'optimisme comme jamais.

— Mais alors ça, Elsa, c'est super positif !!! Ça veut dire que les choses se mettent sur le plan du conscient. C'est vraiment très, très, très bon signe. Bravo ! Ça se lève. C'est génial !

Ce positivisme exacerbé, que je savais pourtant sincère, avait lui aussi tendance à me décourager. J'avais simplement raconté à la kinésiologue un souvenir qui avait surgi la veille, et que je ne parvenais pas à interpréter. Au primaire, lorsque j'étais scolarisée en Argentine, un jour, pendant la récréation, plutôt que de sortir dans la cour jouer avec les autres enfants, j'étais allée déchirer tous mes cahiers, en cachette. Chaque page, une par une. Lorsque la sonnerie avait retenti, je m'étais dépêchée de sortir rejoindre mes camarades. Au moment où nous sommes tous retournés en classe, je suis allée récupérer les cahiers déchirés et je les ai apportés au bureau de la maîtresse, l'air désolé. L'institutrice était choquée. Elle avait imploré au coupable de se dénoncer. Comme personne n'avait levé la main, elle avait sermonné tout le monde. Quant à moi, elle m'avait offert toute sa compassion et une attention particulière, le temps d'un après-midi.

Je regardais la kinésiologue, les lèvres figées dans un sourire inconfortable, davantage contente pour elle que pour moi, car au fil de mes découvertes du passé, j'avais matière à penser que j'étais complètement tarée. Depuis toujours. Dans mon désarroi, je me suis accrochée à quelques débris joyeux de pouvoir procurer à la kinésiologue un peu de satisfaction, en la confortant dans l'idée que son travail faisait ses preuves. Visiblement j'avançais…

C'est d'ailleurs ce qu'elle m'avait déjà laissé entendre, quelques semaines plus tôt, lorsque j'avais évoqué trois petits chats en bois qui s'emboîtaient entre eux. Une statuette artisanale qui trônait sur mon bureau d'écolière à côté de mes porte-crayons. Le souvenir de ces petits chats avait surgi de ma mémoire d'un coup, en me levant un matin. Et ce qui m'avait étonnée, c'était d'imaginer qu'un jour, j'avais aimé les chats. J'étais pourtant persuadée de les avoir toujours évités. Tous. Les vrais, comme ceux en peluche, en dessin-animé ou en bois. La kinésiologue avait alors tenté de dédramatiser cette phobie. Pleine d'entrain, puisque c'était sa nature, elle m'avait expliqué que le chat était le symbole de l'être intérieur. De notre *moi* le plus profond. Et selon elle, ça n'était pas véritablement des chats dont j'avais la phobie, mais de moi-même. Cette redoutable conclusion, cette « phobie de moi-même », avait pourtant vocation à m'apaiser, alors je tâchais de relativiser.

À défaut de trouver du réconfort auprès de psychologues, depuis plusieurs années je trouvais un peu d'apaisement dans la médecine douce. À défaut de soigner ma tête, je soignais mon corps subtil. Ses vibrations. Ses énergies. À défaut de pouvoir communiquer avec des mots, je laissais mon enveloppe parler et mon inconscient se déployer. Dès que j'en ressentais le besoin, je déposais mes 50 kilos de chair et d'os entre les mains d'acupuncteurs, de magnétiseurs, d'énergéticiens, de chamans, de kinésiologues. Plus la pratique me semblait abstraite et déjantée, plus elle m'attirait. J'ignorais ce que ces personnes faisaient avec leurs mouvements alambiqués, mais j'y étais réceptive. Les séances censées « réharmoniser mon être » et « lever des blocages » me soulageaient. Je sentais de réels bénéfices. Sans parler de bien-être, il y avait un mieux-être. J'appréciais de trouver quelques oasis dans ma longue traversée du désert. Parfois, je contactais une certaine paix intérieure et même, de manière très brève, la puissance d'exister. Et j'acceptais de n'y rien comprendre. Provisoirement. Cela me permettait d'apprivoiser l'idée qu'on ne doit peut-être pas chercher à tout expliquer et que, peut-être encore, l'apprentissage de la vie se cachait là, dans une lecture indicible de données. Dans le monde invisible.

J'avais été attirée par ces approches alternatives peu de temps après le décès brutal de mon père. Me laissant comme orpheline, à 25 ans. Bancale, sans pilier. J'avais du mal à comprendre que sa mort puisse autant me bouleverser et à la fois, me libérer. Je me sentais pousser des ailes, alors que j'étais clouée au sol par la souffrance. Et cette ambivalence, cet absurde même, m'avait désarçonnée. J'étais face à un tabou. Celui de me réjouir de la mort d'un parent, aimant. Et je n'avais personne à qui en parler.

J'avais erré quelque temps dans les rayons de développement personnel de certaines librairies, mais les ouvrages me révulsaient rien qu'à la lecture de leurs titres. « Aimez-vous », « Le bonheur est en vous », « Vous êtes la clé du succès », etc. Et sur les têtes de gondole trônaient les livres de gourous improbables, inventeurs de méthodes révolutionnaires. « Levez-vous tôt », « Mangez cru », « Jeûnez ». Une farandole de défis bien trop ambitieux pour moi. Seuls quelques thérapeutes alternatifs, chez qui le verbe n'avait justement que peu de place, avaient su me parler.

Et au fil de mes expériences et rencontres dans le domaine de la médecine douce et mutique, j'ai fini par déposer mon corps entre les mains d'une kinésiologue un peu par hasard, si jamais il y en a un, lorsque je m'étais retrouvée sans logement. Le déroulement improbable de ma vie et cette nécessité irrépressible de me consacrer à l'écriture m'avaient contrainte, après plusieurs années de course aux petits boulots, à rendre mon appartement car je ne pouvais plus payer le loyer.

Au RSA, sans filets, équipée d'une valise « taille cabine » et d'un vieil ordinateur, je ne croyais pas moi-même aux tournures que prenait mon destin. Et qui s'éternisaient dans le temps. Je squattais ici et là, chez des amis, dans des chambres d'hôtels miteux, dans un appartement insalubre en travaux, un autre ravagé par un dégât des eaux, des chambres qu'on me sous-louait… J'avais du mal à comprendre comment j'en étais arrivée là, à la fois, je n'étais pas étonnée. Il s'agissait d'une simple succession d'événements qui faisait sans cesse capoter mes projets, annuler mes rendez-vous, empêcher un contrat de se signer. J'étais fréquemment reçue par les plus hauts dirigeants de chaînes de télé, de boîtes de production, de journaux, de radios, de maisons d'édition, mais ça n'aboutissait jamais. Je parvenais à intégrer les meilleures agences artistiques de Paris, mais à défaut de commercialisation de mes projets, je finissais par être écartée de leurs fichiers. Malgré tout, cet enchaînement de sollicitations ainsi que l'enthousiasme de mes interlocuteurs me permettaient d'envisager un *happy end.* En l'attendant, je travaillais ma créativité, ma plume et la patience. Quitte à me retrouver dans un équilibre matériel très fragile. Et sans pouvoir l'expliquer, j'étais moins effrayée par une vie sociale totalement délabrée que par le chaos qui se déroulait dans mon intérieur. Vivre au quotidien face à un gouffre me donnait furtivement accès à la formidable sensation d'être en vie. Un peu en vie.

Lors de cette errance, je gardais certaines affaires dans un box de six mètres cubes, près de la gare du Nord. Un endroit déprimant, sur huit étages, constitués de longs couloirs aux murs austères, dans lesquels se succédaient de tout petits espaces de rangements où les locataires y déposaient provisoirement des morceaux de leurs vies matérielles. Des centaines de box fermés par des cadenas de toutes les formes, de toutes les couleurs et de toutes les tailles. Lorsque je passais sous les néons désabusés de ces longues allées mal aérées, et que je me rendais à mon box pour y récupérer quelques affaires – des vêtements et des chaussures lors d'un changement de saison par exemple – j'avais l'impression de traverser les couloirs d'une prison. Je ne voyais plus des box, mais des cellules dans lesquelles chacun y consignait ce qui lui était précieux. Et y enfermait une partie de soi.

Lorsque je n'ai plus réussi à réunir les 250 euros de location mensuelle que cette « pièce en plus » me coûtait, j'ai vidé le garde-meubles. J'ai vendu les quelques affaires que j'y conservais. Et j'ai donné le reste afin d'éviter un mois supplémentaire de location. Un canapé, de la vaisselle, des livres, des lampes, des coussins, un matelas. Quant à ce dont personne n'avait voulu, j'ai évité de me formaliser, je l'ai laissé devant l'entrée principale du garde-meubles, sur le trottoir. À côté d'un amoncellement de cartons, de sacs-poubelles, de poches Ikea et du caniveau. Je regardais toutes ces piles entreposées les unes à côté des autres, abandonnées par leurs propriétaires, des sacs remplis de moments de vie, débordants de vécu, d'histoires, de souvenirs. Plutôt que de trouver cela triste, je me suis accrochée à l'idée que c'était simplement le cycle de la vie. Qu'il ne fallait pas y mettre trop de sentiments. Nous arrivions sur Terre nus comme des vers, et repartions une main devant, une main derrière. C'était ça l'évidence. Tous ces sacs n'étaient rien d'autre qu'un peu de matière dont il était bon, parfois, de se délester pour avancer, plus léger.

C'était la philosophie que m'avait suggérée la kinésiologue, lorsque je m'étais tournée vers elle, démunie. Et j'avais vite souscrit à cette idée et à ses soins. Comme elle le préconisait, j'acceptais, au fil de ma dégringolade sociale, qu'il n'y avait jamais véritablement d'échecs ou d'épreuves ratées, la vie n'était pas une accumulation d'objets mais celle d'expériences censées nous élever. Même si, parfois, je jetais toute cette philosophie à la poubelle pour me permettre un instant de pleurer. Ou plutôt, d'évacuer toute négativité, comme le formulerait n'importe quel maître spirituel.

Allongée sur la table de massage, je regardais la kinésiologue se concentrer. Admirative de son implication et de cette déroutante foi en elle. Elle a posé ses mains chaudes sur mon ventre, et j'ai fermé les yeux. Puis elle a déplacé ses doigts sur des points précis de mon corps. Elle pinçait légèrement ma peau. Je parvenais à ressentir l'écho de son toucher jusque dans les parties de mon corps opposées à celles qu'elle effleurait. Et même certains endroits auxquels je n'aurais jamais eu accès par le toucher. L'intérieur de mes os ou du cartilage de mes oreilles, le fond de mon ventre. Des picotements dans la moelle épinière. La kinésiologue faisait ce qu'elle appelle des tests musculaires, et m'en livrait une sorte de compte rendu, tout en agitant la tête de façon étrange. Comme si les informations lui arrivaient d'ailleurs. Elle avait l'air d'être en transe. « Non-appartenance, on guérit. Douleur de l'abandon, on guérit. Sensation de perte de soi, on guérit. Émotion liée au rejet, on guérit… »

Les yeux fermés, je la laissais effectuer son travail en tâchant de ne pas trop réfléchir à ses mots. Si j'intellectualisais quoi que ce soit, je savais que j'étais fichue.

Alors que la kinésiologue appuyait ses doigts sur mes genoux, le bracelet a surgi. Un petit bracelet vert, en cuir. C'était à Rio. Plutôt que de ressasser le mot « bracelet » et compromettre les bienfaits de la séance, j'ai demandé à la kinésiologue de m'accorder une minute. J'ai dit que je devais noter quelque chose. Elle s'est écartée en douceur, sans bouger les paumes de ses mains, positionnées en symétrie au niveau de sa poitrine, en direction du sol, tel un sarcophage égyptien.

Je me suis levée en comptant 94 sur mes doigts, j'ai attrapé mon téléphone et dans l'application Notes, je me suis empressée d'écrire « Bracelet cuir vert. Rio. Brésil 1994. »

Le temps d'écrire la ligne, la longue plage de Rio de Janeiro s'était dessinée devant moi. Avec mes parents, on déambulait dans un marché longeant l'immense front de mer, face au Corcovado et son Christ rédempteur dont les bras grands ouverts semblaient embrasser et rassembler toutes les disparités de l'univers.

Dès que j'avais posé un pied sur le sol brésilien, j'avais été éprise de ce pays. Comme d'aucun autre. Malgré la pauvreté qui criait à chaque centimètre du pavé et la désorganisation massive de toute éventuelle logistique, le Brésil semblait avoir l'âme qui riait. Les Brésiliens avaient tous des attitudes qui me fascinaient. Leurs yeux souriaient et donnaient l'impression de ne jamais rien prendre au sérieux. Comme si leurs âmes dansaient avec la tragédie. Et je percevais en eux un trésor auquel j'aspirais, mais qu'il m'était impossible d'approcher : la légèreté.

Au Brésil, je voyais les personnes les plus pauvres du monde et les plus joyeuses à la fois. Cette dichotomie inédite me marquait, c'était comme un coup de fouet qui laissait en moi une empreinte contrastée mais qui allumait quelques lueurs d'espoir.

Et puis surtout, j'étais au pays de Xuxa (prononcer *Choucha*). Xuxa présentait une émission pour les enfants tous les soirs à la télévision : le « Show de Xuxa », diffusé dans toute l'Amérique du Sud et que je ne ratais sous aucun prétexte. Contrairement à Dorothée ou Chantal Goya, que j'avais toujours trouvées un peu « cucul la praline », Xuxa c'était la révolution. C'était le carnaval de Rio dans ma télévision tous les soirs en rentrant de l'école. Xuxa était un mannequin d'un mètre quatre-vingts, blonde, aux yeux bleus. Elle apparaissait à l'écran à 17 heures en sortant d'une soucoupe volante et elle chantait et dansait dans des tenues légères, ornées de plumes et de fleurs. Des combinaisons en latex, décolletés plongeants, les jambes recouvertes de cuissardes en cuir rouge, bleu, jaune. Tout le monde adorait Xuxa, les enfants, les mamans, et les papas. Bien sûr. Son show quotidien était un véritable phénomène dans toute l'Amérique latine. Un concentré de joie de vivre, d'énergie, de liberté. Un feu d'artifice d'amour inconditionnel pour les enfants. Je connaissais par cœur ses chansons et ses chorégraphies. Les murs de ma chambre étaient tapissés de posters de Xuxa. Et tous les soirs, avant de m'endormir, je pensais à elle, à sa soucoupe volante, j'espérais qu'un jour elle m'invite sur sa planète, et jc lui souhaitais bonne nuit, comme pour la remercier de rendre mes jours plus heureux. Grâce à Xuxa, chaque fin d'après-midi j'avais rendez-vous avec le royaume de l'enfance. Un lieu que je devinais pourtant, au plus profond de mes tripes de petite fille, depuis longtemps évaporé.

En me promenant dans Rio de Janeiro, accompagnée de l'aura de Xuxa qui surplombait le Corcovado, je m'étais arrêtée devant un stand de bijoux. Une installation hasardeuse montée sur un pilotis de cannettes et de bidons. Je cherchais le métal, la pierre, l'assemblage qui m'aiderait à garder un souvenir du Brésil, ce lieu sacré. La vendeuse avait vite compris que nous étions français. Elle baragouinait quelques mots. Sans doute pour créer une complicité, elle m'avait demandé, avec un chaleureux accent brésilien qui aurait pu faire sourire un condamné à mort : « Voce, tu as un petit amoureuche ? » Elle me regardait, enthousiaste, la bouche grande ouverte qui m'offrait une vue panoramique sur un autre étal de bijoux, une dentition d'or et de plombs que j'avais trouvé très originale.

J'avais fait non de la tête. La vendeuse était aussitôt devenue très sérieuse, le regard dévoré par le fatalisme. « Ah bonche ? Ma comment ché pochible, jolieche comme tu èiche ? » J'ai souri d'une façon qui laissait entendre que cela n'avait aucune importance. Bien que la question m'indisposât. Sans que je ne sache pourquoi, cette question me mettait mal à l'aise et déclenchait en moi un fort sentiment de gêne. Et je remarquais qu'elle revenait fréquemment, de plus en plus souvent, comme si la principale inquiétude existentielle des gens, à travers le monde, les cultures, les religions et les dialectes, c'était de savoir si j'avais un amoureux ou pas. Comme si, sans cette fichue moitié, je demeurais incomplète et la vie sans intérêt.

Les garçons ne m'intéressaient pas. C'était aussi catégorique et simple que ça dans ma tête. Les filles ne m'intéressaient pas non plus d'ailleurs. Les gens, je voulais en faire des amis. Et pas plus si affinités. Dès qu'un garçon me proposait d'être son amoureuse, j'étais déçue. Après quoi, généralement, je ne lui parlais plus. Je ne cherchais pas un banal amoureux, je guettais l'arrivée d'un sauveur.

J'ai choisi le bracelet vert. Le vert plutôt qu'un autre parce que c'était le seul qui existait en plusieurs exemplaires. J'ai attrapé deux liens en cuir et les ai donnés à la vendeuse. « Obrigada » j'ai dit. Et, en français, j'ai demandé un emballage cadeau pour l'un d'eux. Alors que je ne pensais à personne en particulier à qui je pourrais l'offrir. Je me souviens vouloir estomper un sentiment de solitude qui semblait devenir de plus en plus visible. Et que je ne trouvais pas très glorieux.

Le soir, lorsque nous sommes retournés à l'hôtel, je m'étais empressée d'allumer la télévision pour regarder le show de Xuxa. Entre deux chorégraphies je me mettais dans la position du poirier. J'avais pris cette habitude après mes cours de danse et je pouvais rester des heures comme cela, la tête à l'envers. Et lorsque je sentais ma tête chauffer à cause du sang qui la comprimait, je marquais une pause en faisant le grand écart.

J'ai écrit le mot bracelet, au pluriel puisque je ne l'avais jamais donné à personne. Et puis j'ai écrit « Cassettes Xuxa ». J'ai rapidement retenu une larme qui voulait sortir de mon œil comme un obus et j'ai rangé le téléphone. Je me suis dépêchée de m'installer à nouveau sur la table de massage. La kinésiologue était restée dans la même position, la tête droite, les paumes des mains vers le sol. Elle m'a offert un regard souriant. L'air de vouloir comprendre ce qui se passait mais sans chercher à être intrusive. J'ai dit : « Il fallait que je note un truc avant que j'oublie, sinon je n'allais pas pouvoir me concentrer sur le soin. Pardon. »

Elle a inspiré profondément, puis expiré longuement. « Ne vous excusez pas. Jamais. Surtout quand il s'agit de quelque chose que vous avez besoin de faire. Bon… On guérit… »

4

« Bracelets cuir vert. Rio. Brésil 1994 »
« Cassettes Xuxa. 1991-92-93-94-95 »
« Collections de photos Xuxa »
« Autographe Sting. 1997. McDonald's. *For Elsa. With Love. Sting* »
« Boule à neige, tour Eiffel. 1988 »
« Petits chats en bois qui s'emboîtent. 1991 »
« Premier manuscrit *Silence is Noisy*. 1999 »
« Poupées russes miniatures. Saint-Pétersbourg. 1997 »
« Ticket match Chicago Bulls. Miami. 1994 »
« Échantillons de parfums collector. 1987-2004 »
« Disquette A – Mémoire de fin d'études. 2004 »
« Machine à écrire. 1992 »
« Porte-clés cœur Damien. 1995 »
« Justaucorps multicolore de danse. 1990 »
« Photo de classe. Mulhouse. 1985 »
« Carte GRS club River Plate. Argentine. 1991 »

« Boucles d'oreilles en cœur. Chili. 1992 »
« Robe à paillettes Starmania. Stockholm. 1996 »
« Paquets de Camel collector. 1998 »
« Tablier Paddington. Londres. 1986 »
« Lettres 1999-2006 »
« Lettres 1995-1998 »
« Lettres 1991-1994 »

Je tenais ma liste entre les mains. J'avais ranimé le passé en arpentant les couloirs de ma mémoire, équipée d'un défibrillateur. Tout était vivant, avec du relief, proche de la 3D, alors que ce n'était que de l'encre bleu sur du papier.

Souvent, lorsque les gens voyagent, ils « achètent des souvenirs ». Ce geste fait même partie intégrante du voyage. Mon enfance avait essentiellement consisté à cela, acheter des souvenirs et les trier constamment. À partir de 8 ans, j'avais enchaîné les déplacements, les valises, les cartons. Chaque déménagement était synonyme de nouvelles aventures, d'un statut d'étrangère, mais surtout, de tri. Il fallait jeter, jeter, encore jeter, et ne garder que l'essentiel. À force de ne garder que l'essentiel, ce qui reste, devient véritablement essentiel.

J'avais appris à méticuleusement trier ma vie. Mes attaches sentimentales. Mes objets souvenirs. Mes objets de valeur. En choisir quelques-uns et les transformer en petits totems, comme des extensions de soi. Je tâchais de garder les principaux éléments des chambres que je quittais afin d'inonder de leur essence les nouveaux espaces que j'investissais. Des appartements de fonction essentiellement. Je parvenais ainsi à cristalliser des archives vivantes et à limiter la frénésie du mouvement. J'empêchais le passé de se désagréger au fil des voyages et que ma vie finisse par ne ressembler qu'à un vaste courant d'air.

Je luttais de toutes mes forces pour limiter le sentiment de perte identitaire qui se jouait à chaque déménagement. Sans pouvoir le verbaliser clairement, j'essayais de souscrire à l'idée que *less is more*. Alors, je cherchais à renforcer ma substance tout en sentant qu'elle se désagrégeait sans arrêt.

Et ce qu'il restait de tous ces tris, je le conservais dans une malle. Une cantine en fer de la taille d'un grand coffre. Une sorte de capsule temporelle. Une version très réduite de ce que peut conserver une chambre d'enfant lorsque, adulte, on a encore la possibilité de s'y rendre.

Je gardais mes trésors d'enfance et d'adolescence, de tous ces endroits dans lesquels j'avais vécu, voyagé, emmagasiné mon identité, construit ma personnalité, comme la preuve tangible de mon existence. J'avais également mis de côté quelques éléments accumulés lors de mes études supérieures à l'étranger. Je conservais tout ce que j'avais jugé utile de garder. Pour plus tard. Une sélection de morceaux de vie que j'avais souhaité rendre immortels. Des bribes de mon vécu, entre 8 et 25 ans. Mes fondations. C'était la seule façon que j'avais trouvée de contrer cette impression déstabilisante que mes années d'expatriation se volatilisaient au rythme des décollages en avion. Mon existence avait toujours été celle d'une touriste, d'une personne de passage, d'une étrangère. Au point de le devenir également vis-à-vis de moi-même.

Et ce passé, rangé dans une malle, était disposé dans une cave. Chez ma mère. Je le lui avais confié puisque je n'avais nulle part où le garder. Délogée d'un appartement de fonction à la mort de mon père, elle s'était installée en région toulousaine dans un nouveau logement qui, même s'il m'était étranger, avait l'avantage consolant de posséder une grande cave.

Lors du deuxième confinement, j'avais éprouvé le besoin de retrouver quelque chose de réconfortant auquel m'agripper. N'ayant ni maison de famille, ni aucun endroit géographique où me retrouver, j'avais souhaité récupérer cette malle et ses résidus du passé. Comme un refuge. Lorsque j'ai appelé ma mère pour le faire, j'ai appris qu'elle avait jeté la malle. Quelques mois plus tôt. Dans un geste inexplicable et inexpliqué.

Au moment où je compris que cette malle avait fini dans une décharge, un peu comme tous ces sacs empilés sur le trottoir près du garde-meubles qui attendaient d'être enlevés par une benne à ordures, j'eus l'impression qu'il ne s'agissait pas simplement de quelques affaires dont je pouvais me délester pour me sentir plus légère, mais que c'était ma vie qu'on avait balancée. C'est moi qu'on avait jetée à la poubelle. Comme lors d'un incendie, dans lequel la matière se désagrège de façon violente et irréversible, j'ai eu le sentiment qu'on avait incinéré mon histoire. Qu'on amputait mes cellules. Qu'on cambriolait mon âme. Qu'on avait dématérialisé mon passé au point que j'en arrive à questionner son existence. Je me suis sentie enroulée dans le néant, avec la sensation d'être dépossédée. Dépossédée de mon vécu. De ce qu'il en restait. À me demander si j'existais réellement. Je n'avais plus rien de tangible à quoi me raccrocher, à part mon souffle. Et ça ne pesait pas lourd.

Les semaines passaient et les angoisses montaient. Le couvre-feu n'aidait pas non plus. Je restais enfermée dans cet appartement que l'on m'avait prêté *le temps de* et que je ne parvenais pas à quitter depuis maintenant plusieurs années. Coincée entre des murs qui ne m'appartenaient pas et que je n'aurais jamais eu les moyens de louer. Des murs qui, chaque jour, renouvelaient mon bail avec le sentiment de ne pas y arriver. De ne pas être digne d'une vie comme celle des autres. Et de redevabilité. Le Covid avait paralysé la vie sur Terre, interrompu le présent, sclérosé l'imprévisible, contraint l'avenir. Je ne pouvais que déplorer le vide vertigineux dans lequel j'étais et qui, une fois de plus, se confondait avec la matière. J'avais le mal de Terre.

Je pensais que peut-être l'événement prenait chez moi des proportions démesurées et j'espérais que le temps finirait par m'apaiser. Et me faire oublier.

Mais la nuit, j'étais fréquemment réveillée par des spasmes, des crises de panique, des larmes. D'autres nuits, je ne dormais pas. Elles s'enchaînaient sans que je puisse fermer l'œil. Incapable d'ajouter à mon vide et son obscurité, ceux de la nuit.

J'avais pris le réflexe de laisser la télé allumée sur les chaînes d'informations qui avaient la singularité d'être le plus souvent en direct. Je laissais tourner les actualités en boucle, cet abreuvoir d'informations me permettait de m'accrocher au reste du monde, au vivant, à la vie des autres, tant la mienne semblait impossible à vivre.

Lors d'une de ces insomnies, pour trouver un peu d'apaisement, je m'étais mise à noter dans un calepin tout ce qu'il y avait dans cette malle. Enfin, tout ce dont je pouvais me rappeler. De faire l'inventaire. Du moins une partie. Pour en garder une trace écrite. Puisque les écrits sont censés rester, eux.

Et je n'ai pas su m'arrêter. Les jours suivants, j'ai commencé un travail méticuleux. Je suis allée me promener dans les couloirs du temps. Dans ce monde impénétrable mais si prégnant qu'est le passé. Et j'ai tenté de dresser une liste d'objets et de souvenirs de tout ce qu'il y avait dans cette malle. La plus exhaustive possible.

Certains éléments sont apparus très vite. Mes correspondances. Des centaines de correspondances. J'écrivais des lettres aux amitiés que je quittais. Je n'avais jamais tenu de journal intime. On m'en avait souvent offert lorsque j'étais enfant. Mais je trouvais ça bizarre de se parler à soi-même, et surtout, la minuscule taille des cadenas vendus avec ces petits journaux aux pages vierges, ne m'inspirait guère confiance. J'y voyais même une arnaque pour l'intimité. Je ne pouvais qu'imaginer les facilités d'un braquage.

Au fil des déménagements, j'accumulais des centaines de lettres. Dans les années 1990, il n'y avait pas de mails, pas de smartphones, mais des enveloppes, des timbres et du papier. Et parfois des fax, quand mon père m'offrait la possibilité d'en envoyer de son bureau. Ça allait plus vite qu'une lettre, malgré l'autocollant « prioritaire ». J'avais beau en coller des dizaines, les traversées de l'Atlantique semblaient infinies. Avec le fax, en quelques minutes, je pouvais envoyer des mots, de surcroît écrits à la main, à des amis se trouvant à des milliers de kilomètres.

Ces correspondances, ces fax, ces mots, c'étaient mon histoire. Ils recensaient tout. Pouvoir les relire un jour, c'était m'offrir l'occasion d'imaginer ce que, de mon côté, j'avais pu écrire. Avec l'immense privilège de ne pas avoir à me relire.

J'avais également conservé des carnets. Des notes, des dessins. Des photos, des négatifs, des médailles de sport. Ma coupe de championne de GRS du Haut-Rhin. Des cassettes audio aussi. Plutôt que d'écrire un journal, parfois je m'enregistrais. Ou bien je présentais des émissions de radio dans lesquelles j'intégrais des playlists de musiques.

Certains jours, je n'avais rien à ajouter à ma liste. D'autres fois, surgissait soudain de ma mémoire un objet, une image. Les souvenirs remontaient à la surface comme des poissons morts. Mais ils étaient pleins de couleurs et semblaient regorger de vitalité. Comme cet autographe de Sting qui apparaissait après des mois à creuser ma mémoire. Inopinément, en plein direct. Alors que je ne demandais rien. Je vantais même les mérites du Niksen, l'art de ne rien faire.

Parfois c'était au supermarché. Dans la douche. À la piscine. En attachant les lacets d'une chaussure. Redécouvrir les souvenirs, les dépoussiérer, c'est comme chercher le nom de quelqu'un, d'un film ou d'un bouquin. Il semble impossible à trouver, oublié à tout jamais. On pense : « Mais c'est fou, je le sais pourtant ! » Et soudain, sans crier gare, le nom apparaît. Paf, il se projette sur un mur blanc, comme par magie. Et on se dit : « Ah mais oui, bien sûr ! » Et c'est comme si on ne l'avait jamais oublié. C'est même une évidence. Servi sur un plateau par l'ordinateur intérieur.

La mémoire nécessite d'être stimulée, mais dès qu'on l'active, l'outil ne sait plus s'arrêter. Une boîte de Pandore. Elle ouvre les tiroirs du passé et diffuse les réminiscences au compte-goutte, en douceur, avec justesse et précision.

Mon travail payait. Des mois durant j'avais stimulé cette mémoire. Pour ne rien oublier, tous les jours, plusieurs fois par jour, je replongeais en elle comme dans une grotte mal éclairée. Et je forais. J'allais chercher plus loin. Plus en profondeur. Comme un orpailleur. Je fouillais puis j'attendais qu'émergent du néant mes souvenirs les plus enfouis. Ceux que j'avais enfermés dans cette malle. Et à chaque réminiscence, je me réjouissais comme un enfant qui assemble les pièces d'un puzzle et commence à distinguer les contours de son ensemble.

J'avais ranimé le passé et je le laissais envahir l'espace et déborder. J'injectais du mouvement à une période qui en manquait. Aux murs autour de moi comme pour les repousser. Je permettais à deux temporalités incompatibles de cohabiter. Un présent figé et un passé révolu. Et j'y trouvais quelque chose de très réconfortant.

Au fil du temps, la liste sur les pages de mon Moleskine s'allongeait et me préservait un peu de l'oubli. Plus elle s'étirait sur le papier, plus je sentais mon âme regagner en consistance. C'était presque aussi joyeux que de réellement rouvrir cette malle et de poser la main sur tous ces petits objets. Presque. Avec la curieuse impression de reconstituer une histoire, de redécouvrir sa vie. De revisiter le temps. De replonger dans son propre film. Dans des séquences isolées qui finissaient par se relier les unes aux autres.

Ma mémoire était devenue si puissante que, désormais, je pouvais également me rappeler des moments où je m'étais souvenu de chacun de mes souvenirs. L'outil me fascinait.

Comme lors de ce dîner chez des amis, pendant un printemps sous couvre-feu. Alors que leur fille de 9 ans, Olympe, se préparait pour son spectacle de fin d'année, c'était une nouvelle ligne que j'allais pouvoir ajouter. La petite avait déboulé dans le salon, vêtue d'une robe en strass, une perruque de *La Reine des neiges* sur la tête. La perruque piquait du nez, la raie au niveau des oreilles. Et Olympe s'était mis à chanter, un rouleau d'essuie-tout entre les mains. En la regardant faire son show, je visualisais les longues répétitions dans ma chambre lorsque j'étais au collège, pour ma prestation dans le spectacle de fin d'année, Starmania. Comme Olympe, on chantait tous faux, mais on avait eu le cran de le faire devant toute l'école.

Et je parvenais à faire dérouler tout un tas de détails qui y était associé. Une odeur âpre dans les coulisses de la salle polyvalente du collège de Stockholm. La nuit à 14 heures. La neige. Le verglas. L'odeur de cannelle qui inondait le pays. Le trac avant de chanter. Les micros qui ne fonctionnaient pas. La prof de latin qui avait mauvaise haleine. Et le prof de biologie qui avait de longs poils noirs sur le nez. La troupe. Les musiques. Les paroles des chansons, intactes. Les disputes. Dérisoires. Les maquillages. La salle remplie d'élèves. Le piano désaccordé.

Et les cernes, celles que je maquillais sous mes yeux, en dehors du spectacle, avant d'aller en cours. Des cernes noirs que j'estompais grossièrement avec le doigt et qui leur donnait une apparence presque naturelle.

Et puis les cambriolages. Nous habitions une grande maison dans la banlieue de Stockholm, sans volets ni système de sécurité, et à deux reprises, des cambrioleurs étaient venus se servir. Une première fois pendant les vacances d'été, alors que la maison était inhabitée, en commençant par dévaliser ma chambre située en rez-de-jardin et par laquelle ils étaient entrés. Les hommes avaient tout pris, même une petite tirelire en verre dans laquelle je gardais des pièces de monnaie de tous les pays du monde. Des centimes qui, à mes yeux, valaient une fortune. Une deuxième fois, quelques mois plus tard, les cambrioleurs étaient entrés par le garage, un dimanche matin. Alors que nous dormions. Ils avaient pris soin de fermer les portes des chambres et avaient vidé la cave à vins de mon père. Puis ils étaient tranquillement repartis avec la voiture, dont la clé attendait sur le contact.

Même si le vol de certaines de mes affaires m'avait peinée, étrangement, je me souviens penser que tout ça n'avait pas beaucoup d'importance. Sans pouvoir l'expliquer ni le comprendre, quelque chose en moi avait relativisé les événements. Peut-être une sorte de conviction inconsciente d'avoir déjà vécu une autre forme de cambriolage. Une bien pire. Peut-être.

Tout arrivait en vrac mais se reconstituait. J'avais accès à la mémoire mentale, émotionnelle mais aussi à la mémoire du corps. La plus déroutante.

J'étais simplement assise à table avec des amis, à Paris, dans le couloir du temps qu'écrivait 2021, une attestation de sortie dans la poche, et je replongeais dans une malle, perdue dans une décharge de Haute-Garonne, grâce à mes sens retrouvés. Et je quittais le présent, tout en étant par-là, sans rater une miette du spectacle de *La Reine des neiges*, « délivrée et libérée ». Bien que happée par les échos de mon passé.

Puis Olympe a sollicité une pause. Elle avait besoin de changer de tenue afin de lancer la deuxième partie de son spectacle. Depuis l'étage, je l'ai entendue m'appeler, la voix paniquée, à réclamer de l'aide. Mon prénom, le même que celui de son héroïne, semblait nous avoir soudées à jamais. Lorsque je suis arrivée dans sa chambre, elle était toute nue devant son armoire, figée sur la pointe des pieds, les bras tendus vers le ciel. Elle grimaçait son effort et m'a demandé de lui attraper la robe fluo que son petit index pointait.

Je me suis dirigée vers Olympe. J'avançais lentement et mal à l'aise. Je lui ai demandé d'aller m'attendre dans la salle de bains, je lui apporterais sa robe là-bas, justifiant que ce serait plus pratique. Elle a écarquillé les yeux, « Ben non, t'es folle ! Sinon faut que je traverse le salon comme ça ! Cul-nu ! » Elle a éclaté de rire, moqueuse. Je l'ai imitée. Pourtant, c'était mon objectif. Je voulais casser cette intimité déplacée et qu'Olympe se montre nue aux autres également.

Je regardais la distance qui me séparait de l'armoire et du corps d'Olympe, et je me suis mise à repenser aux chutes d'Iguazú. Je revoyais la force avec laquelle l'eau se trouvait éjectée de la roche et se projetait en cascades sur des kilomètres de front. Un mur d'eau infranchissable, et pourtant naturel. Je me revoyais, enfant, voulant rester pour l'éternité agrippée à la rambarde d'un petit pont en bois. Les aménagements permettaient d'être au plus près des chutes, d'en recevoir de fortes éclaboussures. Les particules d'eau s'écrasaient sur mon visage et le bruit tonitruant des cascades m'empêchait d'entendre quoi que ce soit. C'était paisible. J'avais l'impression d'être propulsée dans le noyau de la Terre. Et les yeux fermés, le corps trempé, j'avais imaginé me jeter à l'eau. Comme dans les images du film *Mission* que j'avais vu peu de temps avant. Un homme était attaché à une croix et jeté dans la rivière dont le courant l'amenait à s'écraser dans les immenses chutes d'eau, tête la première.

Je me suis dépêchée de traverser la chambre et d'attraper la robe. Je l'ai balancée à Olympe. Et alors que je m'apprêtais à quitter la chambre, elle me sollicitait à nouveau pour que je l'aide à l'enfiler. La robe faisait trois tailles de moins qu'elle. Je me suis exécutée, en vitesse, tout en évitant de toucher la petite. Ou de la regarder. On forçait comme des brutes pour faire passer sa tête dans l'encolure trop étroite, je voyais les coutures s'étirer à l'infini et m'indiquer qu'elles allaient lâcher. Dès que j'ai vu la tête d'Olympe sortir de l'encolure, et alors que la robe était restée coincée au niveau des épaules, les bras confinés, je me suis empressée de sortir. J'ai jeté un œil avant de quitter la pièce, le corps d'Olympe, comprimé dans la robe, avait pris la forme d'un hareng sous cellophane. Olympe me regardait, l'air de penser « elle est folle-dingue de me laisser comme ça ». J'ai souri d'une manière qui laissait entendre « tu vas t'en sortir », et je suis partie.

À peine j'avais rejoint mes amis à table, et alors qu'on ne me demandait rien, j'ai balancé : « Elle voulait que je l'aide à se changer, c'est pour ça. » Comme pour ne laisser aucune place au doute. Comme pour me justifier.

Lorsque quelques mois plus tard je relisais dans mon calepin la ligne « Robe à paillettes Starmania », je m'étonnais de me souvenir de ce détail avec Olympe. Et de me le remémorer comme d'un détail. C'était imprévisible la mémoire. Cette façon qu'elle avait de resservir les événements et de m'inviter à les revisiter sans cesse différemment. Et en parallèle, de m'encombrer d'informations dont je n'avais aucune utilité.

Comme ce numéro de téléphone que nous avions à Buenos-Aires et que ma mémoire me servait toujours en espagnol, 30 ans plus tard. Comme une comptine. *Siete, siete, cuatro, cuatro, uno, siete, siete.* À part m'étonner de m'en souvenir, ces sept chiffres ne me servaient à rien. Alors que parfois, j'avais du mal à me souvenir des quatre numéros du digicode de mon immeuble, qu'on avait pourtant changé depuis des mois.

D'un autre côté, ma mémoire avait préféré jeter le moment où j'avais appris que le Père Noël n'existait pas. J'avais beau chercher, cet épisode avait été balancé dans la poubelle qui ne recycle rien. C'était pourtant un événement marquant que j'aurais aimé ne pas oublier.

De même que le contenu de tous ces manuels scolaires qu'on nous demande d'apprendre par cœur, et bêtement, le temps d'un contrôle, d'une note, et dont il ne reste que peu de traces quelques années après. Simplement des occasions ratées de faire des camemberts au Trivial Pursuit.

Au fond, je ne décidai pas grand-chose, ni dans la vie, ni dans ce dont ma mémoire se souvenait. L'inconscient semblait choisir les événements qu'il considérait marquants puis les confiait à la mémoire qui, elle, se chargeait de tout archiver dans de longs couloirs, comme dans des box de rangements. Verrouillés par des cadenas plus ou moins solides. Et les souvenirs étaient stockés là, encastrés les uns aux autres comme des poupées russes. Toujours accessibles. Toujours intacts. Mais dont la lecture pouvait varier.

Grâce à ma liste, j'avais eu des images, des parfums, des sons, des sensations, et presque le toucher. J'avais aperçu les lettres, certaines enveloppes, des écritures, des couleurs. J'avais entendu des sons, des dialogues, des bribes d'échanges. J'avais revu de nombreux moments avec mon père qui lui avaient redonné un peu de souffle. Il me manquait. Cette malle, c'était aussi ce qu'il me restait de ma vie à ses côtés. Tout était à la fois précis et flou. Palpable mais abstrait. Les émotions, elles, demeuraient inchangées.

Je ne voyais plus de l'encre bleue sur du papier. Ces mots, les uns à côté des autres, c'étaient du vivant, des images, des respirations, des sentiments, des formes, des volumes, des doutes, des odeurs, des frustrations, de l'invisible. Au point que j'ai pensé qu'il serait sage de faire le deuil de la malle et de ranger le Moleskine plutôt que de continuer de le laisser au milieu du salon. Personne ne vit au quotidien avec un coffre de souvenirs ressuscités, ouvert au centre du salon. Ce serait comme emménager à nouveau dans une chambre d'enfant, imaginaire. Ou vivre enfermée dans un box de rangements. Dans une cave. Et nul besoin de demander l'avis d'un psychiatre qualifié, je pouvais toute seule me douter que ces souvenirs pourraient devenir envahissants, ou contre-productifs. Je décidai que tout ça reste à sa place, c'est-à-dire dans le passé.

J'ai fermé le Moleskine d'un coup sec et je l'ai rangé dans le dernier tiroir de mon bureau. Un tiroir que je n'ouvre jamais. J'y range des câbles, des rallonges, des multiprises. En y déposant le Moleskine, j'ai aperçu mon vieux carnet de santé, coincé derrière un amoncellement de fils et de cordons. Et mon premier passeport, rempli de tampons et visas exotiques ; mon père l'avait déclaré « perdu » aux autorités pour me l'offrir en souvenir. J'avais oublié que je gardais ces documents-là. Tout était maintenant au bon endroit.

J'ai ouvert les fenêtres pour inspirer l'air de Paris et rejoindre le présent que j'avais choisi. J'ignorais simplement que depuis un an, à farfouiller les abîmes de ma mémoire, j'avais disposé du petit bois, des brindilles, de l'écorce, quelques bûches, un peu de papier journal et que le bout rouge d'une allumette s'apprêtait à gratter le souffre, et à tout embraser.

5

C'était l'automne. Les audiences de Médiamétrie s'apprêtaient à tomber. Il y avait une certaine tension dans les locaux de la radio, l'air de rien.

Comme à mon habitude, à 11 h 50, je quittais la régie pour rejoindre le studio. J'observais mes pieds avancer sur le sol en moquette, comme pour toujours mieux absorber l'essence du lieu, choper son adrénaline et m'accrocher à cette temporalité propre aux médias. Cet endroit si particulier dans lequel le temps balaye sans cesse l'actualité, ne laissant aucun espace à la seconde qui vient de s'écouler et n'offrant qu'une place infime à celle qui s'apprête à se dérouler. Un lieu où le présent meurt avant même qu'on ait le temps de l'énoncer. Un espace-temps où l'on est toujours en retard sur le flux de la réalité alors qu'on cherche en permanence à avoir un coup d'avance sur elle.

Depuis plusieurs semaines, je parvenais à déplacer les effets du direct en dehors du studio d'enregistrement. Je m'extirpais de mon raffut intérieur dès que je passais la porte d'*Europe 1*, comme si l'enceinte entière baignait dans l'instant présent et m'en faisait profiter.

Lorsque j'arrivais dans les locaux, je prenais toujours un moment pour contempler les immenses antennes et paraboles sur les toits. Je m'arrêtais à quelques dizaines de mètres de l'entrée principale, la tête à 180 degrés, je fixais le toit. Et j'aurais aimé m'installer là-haut pour toujours. Près des antennes. Rattachée à cette connexion au monde, à ce tout.

Dans les couloirs, je ne croisais que des professionnels de l'actualité, ceux qui ont les dépêches de dernières minutes, qui collent à l'info, au scoop, au monde, à l'instant ultra présent. Je ne sous-estimais pas ma chance de pouvoir être si proche des relais qui s'apprêtaient sans cesse à diffuser l'information. La plus fraîche. La plus récente qui écrase la précédente.

Je scrutais le rythme dans lequel les journalistes et chroniqueurs entraient et sortaient des studios, tous investis d'une mission et avec ce même geste : déchirer les dépêches et les jeter. Sans arrêt, dès que l'écrit avait été prononcé au micro, le jeter. Écrire, dire et jeter. Parfois, devoir jeter avant de dire pour déjà réécrire. Des dizaines de poubelles arboraient les couloirs, débordant d'encre fraîche mais d'informations obsolètes. Toutes les équipes animées par une simple philosophie : la priorité au direct. Toujours.

Lorsque je me rendais à la radio, la seule chose que j'allais chercher désormais, c'était cette prise sur le temps. Retrouver le silence intérieur et tâcher de l'exporter en dehors des locaux de la radio. Le ramener dans la voiture, dans la rue, dans ma cuisine, dans mon lit, dans ma chair.

Je me suis installée en studio pendant la publicité. J'ai réglé mon casque. J'ai remarqué qu'il y avait soudain des annonces pour un organisme catholique. Je n'avais pas souvenir d'avoir entendu ce genre de prêches auparavant. Peut-être était-ce la patte du nouvel actionnaire qui commençait à s'affirmer, ou peut-être c'était simplement qu'on était autour de la Toussaint.

J'ai préparé mes fiches et j'ai bu un peu d'eau. Les animatrices et les chroniqueurs papotaient ensemble. Des discussions dont j'étais admirative tant j'aurais aimé y participer, mais dont je me sentais exclue du simple fait de leur nature. Les gens ont une facilité déconcertante à s'entretenir avec intensité sur des sujets qui les rassemblent, même s'ils n'ont que le temps d'un battement de cils pour le faire. La famille, les enfants, les amours, les prochaines vacances. Et ces échanges, pleins d'entrain, rapides, volés entre deux séquences publicitaires, m'ont toujours renvoyée à mon habituel décalage. Je ne sais pas papoter. Je n'ai jamais su. Je ne sais pas bavarder le temps d'une course à la boulangerie, ni lors d'une pause dans un studio de radio. Les fois où je me suis tentée à l'exercice, c'était douloureux. Je suis souvent parvenue à donner l'illusion d'être dans le coup grâce à un peu d'ironie, ou quelques traits d'humour qui dégomment les malaises, mais ça venait sans cesse renforcer mon mal-être et donner plus de poids à ce truc lourd qui vivait au fond de mes tripes. Ce truc sombre dont je ne parvenais jamais à me délester. Et qui me rappelait sans cesse à l'ordre pour me maintenir sur le banc de touche.

J'ai toujours appréhendé qu'on me pose des questions. Des questions qui peuvent paraître banales pour le commun des mortels, mais qui, chez moi, venaient charcuter et ouvrir mes failles sociales, et affectives. J'ai toujours redouté le moment où l'on vient s'enquérir de mes projets. Ou de ce que j'avais fait de ma soirée, de mon week-end, ou ce que je prévoyais de faire de mes vacances. Ou pire, de mon statut matrimonial. Me le demander par simple politesse, exactement comme l'avait fait la vendeuse de bracelets au Brésil. Et ce matin d'automne, je n'allais pas y échapper.

Pendant les quelques secondes d'inter-pub, où tout le monde s'est tu le temps que l'animatrice rassure les auditeurs qu'on revenait bientôt, j'ai inspiré ce laps de direct comme une bouffée d'oxygène. Mais lorsque la publicité a repris, la chroniqueuse à côté de moi s'est tournée en ma direction pour me demander gentiment : « Et toi Elsa, t'as un chéri ? »

Je l'ai regardée, prise de court, un coup de scalpel dans le cœur. En un quart de seconde, j'ai vu tout défiler. Ce tunnel blanc dont parlent les témoins de mort imminente, c'était devenu mon quotidien. Ma mémoire était redoutable en matière d'efficacité. Plus vive que celle d'un ordinateur dernier cri. Les fichiers déboulaient dans ma tête à une vitesse incroyable. En dehors de trois relations d'un peu plus de douze mois chacune, et qui remontaient au tout début de ma vingtaine, il n'y avait que des histoires de quelques jours, quelques nuits. Quelques semaines, pour les plus tordues.

J'ai vu défiler 20 ans de bribes de tous les écueils de mes précédentes relations, en moins d'une seconde. 600 gigas de souvenirs. 600 gigas de matière pour écrire une nouvelle version du *Journal de Bridget Jones*, mais trash. Avec des personnages alcooliques, bipolaires, violents, drogués, mythomanes, fétichistes, torturés, dérangés, possessifs, jaloux. Paumés. Marginaux. Mais chez qui, à chaque fois, Brigdet détectait une blessure. Une fragilité qui la touchait. Malgré tout, elle n'en revenait pas elle-même des profils qu'elle dégotait. 600 gigas de misère affective et humaine qui étaient passés dans son lit. Et en dehors d'un cas pervers et potentiellement dangereux, elle avait gardé des relations cordiales avec la plupart d'entre eux. Sans perdre de vue que le seul point commun qu'il y avait entre tous ces hommes, c'était elle.

Le fichier le plus récent datait de la semaine précédente. J'avais été invitée à un dîner chez Martin. On s'était rencontrés chez des amis, quelques mois plus tôt. Depuis, nous avions lié une sorte d'amitié. Notamment par rapport au travail, puisque lui aussi était embauché par les médias en tant que journaliste sportif pour la télévision. Et j'ai toujours été fascinée par le sport, essentiellement parce que ce sont des performances humaines, uniques et en direct.

Martin avait préparé des lasagnes. Il avait ouvert quelques huîtres et m'avait servi du Pouilly-Fuissé. En d'autres termes, il avait su être attentif à ce que j'avais pu dire que j'appréciais. J'avais grandi dans un environnement de diplomates et d'expatriés qui m'avait transmis un certain goût pour les choses raffinées, mais je n'étais jamais en mesure de me les acheter. Une sorte de punition étrange, la vie. Sans explications, j'avais changé de milieu socioprofessionnel à la mort de mon père. Je n'appartenais à aucune classe, alors que j'avais les codes de plusieurs d'entre elles et des affinités avec les plus hautes. Il aurait sans doute été plus simple de ne jamais les approcher, pour éviter le décalage et les frustrations. Un peu comme Cate Blanchett dans le film *Blue Jasmine* de Woody Allen, je vivais avec trois kopecks, hébergée à titre gratuit, mais avec les codes d'une éducation et d'un passé aisé.

Martin, lui, vivait avec deux grenouilles, un psoriasis géant sur le corps, il fumait de nombreux pétards et consommait pas mal d'antidépresseurs. Malgré tout, son profil n'avait rien d'alarmant.

Alors que nous partagions un bon moment, soudain Martin a pris un air sérieux. Le regard tendre. Un regard que je connaissais par cœur. Et que j'appréhendais. Je sentais arriver le moment où j'allais vouloir quitter mon corps à défaut de pouvoir partir en courant. Je terminais difficilement de mâcher la bouchée de lasagne qui avait l'air de vouloir rester collée à mes molaires. J'ai senti un morceau de pâte sèche descendre dans ma gorge comme un obus. Je l'ai localisée tout le long de ma trachée. J'ai bu un peu de vin pour la faire descendre. Elle a glissé péniblement. L'alcool enflammait mon tube digestif. Et j'ai regardé Martin, inquiète.

— Je suis amoureux de toi, Elsa. Je pense que toi et moi, on pourrait vivre quelque chose de super. On s'entend bien, on partage les mêmes plaisirs, on rit ! Voilà, c'est con, mais je suis amoureux.

J'ai souri. Poliment. Martin attendait une réaction. J'ai délicatement épongé le coin de mes lèvres avec la serviette de table. Je l'ai reposée lentement en espérant qu'il se passe n'importe quel retournement de situation m'évitant d'assister au moment que la vie m'écrivait. Un attentat, un incendie, une météorite, un AVC.

Mais puisque la vie avait décidé de suivre son ennuyeux cours, je m'en suis accommodée. J'ai pris une voix douce et posée. Il était trop tard pour m'inventer un petit ami imaginaire, un mensonge qui m'avait souvent sauvée, alors j'ai expliqué à Martin que je n'étais pas « dans un moment comme ça ». Que je n'avais pas envie d'une relation actuellement. Que c'était un mec super, mais que blablabla. Et blablabla. Et sans pouvoir l'exprimer clairement, Martin ne me plaisait pas du tout. Le seul argument valable, mais qui ne se dit pas. Et alors que je pensais avoir été suffisamment catégorique pour le décourager, Martin a insisté. Il croyait à cette romance. Il voulait vivre ses sentiments. Il se mettait à nu, parlait sans filtres, sans avoir peur d'exprimer son intimité. Il était sûr de lui, il y avait un truc spécial et rare entre nous. Il m'a dit que j'étais formidable. Il a ajouté que tous les types avant lui avaient été des crétins de ne pas avoir su me garder. Je regardais Martin et je me disais que c'était un mec gentil. Il avait même pensé à ne pas mettre de citron avec les huîtres parce que je trouvais ça dommage le citron sur les huîtres.

Martin continuait de parler. Je le trouvais touchant lorsqu'il s'exposait. Presque beau. Je ne voulais pas lui faire de mal. Il s'est approché de moi et j'ai cédé. Par faiblesse. Par habitude. Par peur d'être rejetée. Par manque de confiance en moi. Par ce sale sentiment ancré au plus profond de moi de ne pas pouvoir faire autrement. De ne pas savoir gérer la situation, maintenant que j'étais là, chez lui. Piégée. Consentante. Il m'a embrassée. Dans la foulée nous avons couché ensemble. Dès qu'il s'est retrouvé nu, aussitôt Martin a installé une sorte de rapport de force. Sans me violenter, je sentais une nécessité d'imposer une domination. Je remarquais ce réflexe chez la plupart des hommes lors des rapports sexuels, sans bien comprendre pourquoi. J'ai laissé Martin se sentir puissant, viril, me tenir par les cheveux, agripper mes hanches, mes seins, mes fesses, avec force. Je l'ai laissé me faire mal, tellement il pinçait fort ma peau. Comme si sa virilité était en jeu. Comme si dominer était le levier de son excitation. Comme s'il reproduisait une violence érotisée qui n'était pas la sienne, mais celle vendue dans n'importe quel film pornographique. Avec des codes. Et personne n'avait l'air de soupçonner que c'étaient des codes.

Martin s'est essayé à toutes les positions du Kamasutra, dans une sorte de performance avec lui-même. Puis il a fini par me demander « Tu l'aimes ma grosse queue ? » Je n'ai pas su répondre. Martin a joui. Il avait l'air heureux. Il m'a demandé si j'avais joui aussi. J'ai répondu « aucune importance ». Martin a fini son joint. Il s'est collé à moi. Après, il s'est endormi.

Je suis restée couchée à côté de son corps un moment, à recracher les vapeurs de ma vapoteuse comme un dragon sans ailes et sans feu. À écouter sa respiration ponctuée par des ronflements. Je regardais le plafond. Quelle que soit la couleur ou la forme d'un plafond, avec ou sans moulures, il me semble qu'un plafond reste un plafond. Ça n'est jamais très dépaysant un plafond. J'ai senti une violence aussi familière que le plafond monter en moi. Toujours la même. Puis de la colère, vis-à-vis de moi. Vis-à-vis de Martin, de la vie. J'ai senti de l'impatience. De l'insatisfaction. Du dégoût. Je savais que je pouvais m'accrocher à ce type, alors que je ne l'aimais pas. Et que je ne l'aimerais jamais. Je savais comment j'allais vite perdre mon indépendance. Sans pourtant vouloir être avec lui. En quelques minutes, je perdrais tout. Je donnerais tout. Bouffée par un besoin insatiable d'amour, d'affection, d'attention. De trouver enfin le sauveur qui rendra mes jours meilleurs. Prête à en demander toujours plus, sachant pertinemment que rien ne suffirait jamais à combler les brèches. Les trous. Le déficit en moi. Ce trou dans l'univers qui m'absorbait à chaque instant. Je suis sortie du lit. J'ai rassemblé mes affaires. J'ai fait du bruit. Exprès. Martin a sorti la tête de la couette. Les cheveux ébouriffés. La voix rauque, il a demandé : « Tu t'en vas ? »

« Oui, c'était n'importe quoi. Je t'ai dit ! », ai-je répondu de façon condescendante. Un ton méprisant parce que j'en voulais à Martin. Je lui en voulais comme à tous ceux avant lui qui ont imaginé pouvoir m'aimer.

J'ai regardé la chroniqueuse et à l'aide d'un sourire de circonstance j'ai répondu « Nan, j'ai pas de chéri en ce moment. C'est compliqué… » Elle a fait un grand « Aaaaah », avant d'ajouter, complice, « je connais ». Heureusement pour moi, passé un certain âge, la vie sentimentale était devenue compliquée pour tout le monde. *Compliqué*, même Facebook le proposait dans les options concernant le statut matrimonial. Plus personne n'était de la pâte à modeler et vierge de souffrances. Il y avait des histoires de divorces, de gardes d'enfants, d'ex de longue durée. Les remariés séparés. Les divorcés en couple. Les couples en pause. Les rancœurs longue durée. Les déceptions se creusaient et les idéaux vendus dans les contes de fées étaient inexorablement désenchantés.

Pour ma part je n'étais ni mariée, ni divorcée, ni en couple, et surtout, je n'avais pas d'enfants. Ce qui paraissait souvent suspect, ou du moins, intriguant. On demande toujours aux personnes sans enfant d'étayer les raisons pour lesquelles elles n'en ont pas, alors qu'on ne demande jamais à celles qui en ont d'expliquer pourquoi. La question mériterait pourtant d'être posée.

Ma situation n'était pas spécialement compliquée, c'était pire, elle n'était plus normale pour personne. Ni même pour moi. Pendant longtemps, lorsque je rencontrais un homme de plus de 35 ans avec les mêmes spécificités que moi, je pensais qu'il avait « forcément un problème ». Depuis peu, j'avais fini par accepter que, par effet miroir, j'en avais forcément un aussi.

Le réalisateur a soufflé : « Attention, on reprend. » La chroniqueuse m'a fait un clin d'œil avant de remettre son casque. Je me suis rapprochée du micro, la gorge serrée. Et l'animatrice a lancé ma chronique, avec un professionnel enthousiasme. « Elsa, aujourd'hui vous allez nous parler du Kintsugi ? Alors c'est du japonais si je comprends bien, mais c'est quoi plus précisément ? »

J'ai souri. Artificiellement. Et je me suis lancée. Dans le retour du casque, j'entendais ma voix débiter des mots. Des phrases. Mais je n'étais plus là. Une partie de moi expliquait qu'il s'agissait d'un art ancestral japonais qui consistait à recouvrir les fissures d'objets cassés avec de l'or. Une technique qui redonnait vie aux objets abîmés et dont les restaurations les rendaient encore plus solides et résistants que dans leur état d'origine. Et une autre partie chez moi me laissait entendre à quel point j'étais écrasée par ma dyslexie avec le monde.

Pour la première fois, c'était un direct qui n'était plus vierge de pensées. Je n'étais plus en direct. Et je ne pouvais rien y faire. J'assistais, impuissante, à la réalité. Le trac du début d'année m'avait permis de croire que j'avais franchi un cap mais il n'en était rien. Ça n'avait été qu'un passage éphémère. Maintenant que je m'habituais à être fréquemment en direct, j'étais rattrapée par ma véritable nature. Et je ne pouvais plus la fuir. Dans le retour du casque une voix gueulait des trucs japonais dont je me fichais. Et c'était ma voix. Une autre me laissait entendre que j'étais un cas social, et c'était ma voix aussi. Et je voulais que ça s'arrête.

J'ai continué ma tirade sur le Kintsugi, comme un automate, tout en pensant que j'étais totalement en vrac à l'intérieur mais que, par miracle, ça ne se voyait pas à l'extérieur. Pas trop. Je me souviens avoir eu le temps de me dire, c'est balèze. Avant de penser, peut-être que c'est ça d'être folle ? Si j'étais folle, le saurais-je ?

Je bataillais pour reprendre le dessus et terminer ma chronique à moindre frais. Je me suis focalisée sur l'air qui entrait dans ma narine droite et sortait par la gauche. Un guérisseur m'avait donné cette technique pour contrer un pic de stress. Je sentais l'air entrer en moi, faire le tour de ma tête plutôt que de mes poumons, et ressortir. Et je pensais, *tu es définitivement folle.*

J'ai réussi à lire les derniers mots de ma chronique, sans quitter des yeux la porte de sortie du studio : « Avec le Kintsugi, on prend le temps d'accepter une cassure et plutôt que de voler en éclats avec elle, on va chercher à la transformer. On devient les alchimistes de nos vies, on transforme le laid en beau, les écueils en force. On apprend à aimer nos failles, nos cassures, nos fêlures. Vous risquez même de regarder d'un tout autre œil les coups bas qui traversent votre existence. Parce qu'une question se pose, et si c'était finalement en apprenant à aimer l'imperfection qu'on touchait du doigt la perfection ? »

J'ai eu la faculté de penser qu'il s'agissait d'une insupportable synchronicité avant d'entendre l'animatrice prendre le relais. « Merci Elsa, c'est une vraie question. Vous avez envie d'essayer le Kintsugi sur ce plateau ? »

En sortant du studio, je découvrais un SMS de Martin. Il me félicitait pour la chronique comme un bourreau des cœurs expérimenté et me demandait mes prochaines disponibilités pour que l'on puisse « chiller ». J'ai répondu ce que j'ai toujours répondu dans ces moments-là, « j'ai beaucoup de travail qui me tombe dessus, mais je t'appelle dès que j'y vois plus clair. » En général, je ne rappelle plus jamais.

Je sentais monter en moi cet état que je connaissais par cœur. De l'exaspération mélangée à une profonde tristesse. Une sensation d'énervement indomptable qui stagnait à l'intérieur et qui s'est amplifiée au fil des jours. Comme si j'allais imploser. Un état que j'ai traîné plusieurs semaines, sans répit. Jusqu'à ce matin de décembre, après une chronique sur le Yoga libido.

Je quittais le parking d'*Europe 1* et je n'avais pas envie de rentrer chez moi. Je ne pouvais pas. C'était aussi simple et bizarre que cela. J'avais envie de courir et de pleurer. De ne plus bouger et de crier.

J'ai pris la direction du périphérique et j'ai laissé la voiture en faire le tour. Je ne savais pas où aller mais je ne voulais surtout pas arrêter le mouvement. Je ne pouvais pas décider d'un endroit où m'arrêter pour sortir de l'auto. Je voulais rester en voiture, faire que sa vitesse m'empêche de réfléchir et m'aide à m'oublier pour l'éternité. Lorsque j'ai vu le panneau indiquer l'A13, je l'ai suivi. Je connaissais bien la route pour aller à Deauville. J'avais pris l'habitude de m'y rendre fréquemment. Pour prendre l'air lorsque j'étouffais à Paris. Voir l'horizon. Écarter provisoirement les murs de ma prison. La plupart du temps, pour des questions de budget, je faisais l'aller-retour dans la journée. Ça me suffisait pour me revigorer. Même en plein hiver. Même sous la pluie ou un jour de tempête. Respirer l'iode, prendre des rafales d'embruns dans la tête, puis rentrer à Paris.

L'autoroute était peu fréquentée. C'est ce que j'espérais. C'était tout ce que je cherchais. Je ne voulais plus voir personne, plus rien entendre. Et surtout je ne voulais plus être vue, ni entendue. Je voulais disparaître. En roulant, le bruit du moteur camouflé par de la musique à plein volume, je sentais la vitesse sous mes pieds. Je regardais mes mains sur le volant. Elles ne semblaient pas m'appartenir complètement. Je jetais quelques coups d'œil sur le bas-côté. L'idée me traversait. J'ai imaginé, plusieurs fois, regarder mes mains tirer le volant vers la droite. Puis laisser faire. Je l'ai imaginé. Mais j'en étais incapable. J'ai ouvert les fenêtres, j'ai laissé l'air agiter l'habitacle. Secouer mes neurones et mes cellules. Emmêler mes cheveux. Fouetter ma peau. M'empêcher de savoir si l'air entrait par la narine droite ou par la narine gauche.

La Fiat 500 et ses 150 000 kilomètres au compteur fonçait vers la mer, comme vers une issue de secours. Aucune voiture devant, aucune voiture dans le rétroviseur, je me suis mise à crier. À hurler. De toutes mes forces. Je sentais les veines de mon cou durcir et se tétaniser. Il n'y a aucun endroit à Paris pour crier. Crier vraiment. Ni à Deauville. Ni nulle part. Même sur une plage déserte, ou dans une forêt, on n'est jamais à l'abri de tomber sur quelqu'un. Ou pire, de l'attirer à cause des cris. Dans la voiture, je m'égosillais sans pouvoir être entendue. Sans alarmer, sans me faire remarquer. C'était d'ailleurs une des principales raisons qui m'avaient poussée à l'acheter. En plus d'avoir un abri, un toit, quelques centimètres carrés, à moi. Quelques photos dans la boîte à gants. Une clé USB de mes écrits à l'intérieur du cendrier.

Lorsque je suis arrivée à Deauville, je me suis garée sur l'avenue de la plage. Je suis sortie de la voiture. J'ai marché cent mètres pour atteindre le front de mer. J'ai regardé la mer. Elle était basse. Elle était loin. L'eau était grise. Le ciel bas. Le vent froid. Les éléments semblaient ne pas vouloir de moi. Et je ne voulais pas d'eux non plus. Je n'avais pas envie d'être là. Je n'avais envie de rien, mais je ne supportais plus de ne rien faire. Il fallait que j'enclenche quelque chose. Et marcher m'angoissait.

J'ai décidé de continuer à rouler pour éviter une surcharge mentale. Je suis retournée dans la voiture, le moteur était encore brûlant. Et je suis repartie. À la sortie de Deauville, je me suis arrêtée dans une station de lavage.

J'ai déposé la Fiat à l'entrée des machines. Le vendeur m'a reconnue car souvent, lorsque je passais à Deauville, je faisais laver la voiture. Malgré le chaos qui se jouait à l'intérieur de moi, j'ai été sympathique, souriante, chaleureuse. Il s'est occupé de ma voiture, il se rappelait que je n'aimais pas rester dedans pendant le nettoyage. Pourtant, enfant, j'adorais cela, c'était comme faire un tour à Disneyland à moindres frais. Depuis quelques années, la sensation de claustrophobie avait bêtement pris le dessus.

J'attendais le jeune homme à la sortie des rouleaux, et alors que je répondais à son sourire derrière le pare-brise par un sourire, je surprenais sur le vif mon personnage agir. Je parvenais toujours à être présentable en société. Dès qu'il y avait une interaction, j'assurais. Comme si le trottoir était une scène de théâtre. Le moindre caniveau un lieu de représentation. Un spectacle dans lequel je réussissais aisément à faire exister une image. Une projection réussie de ce que je n'étais pas. Toujours sympathique, souriante, bien habillée. Face à une boulangère, une vendeuse, un ami, un laveur de voiture, et surtout, quel que soit mon état, je sauvais les apparences. Même en plein milieu d'une tentative de suicide, j'aurais réussi à faire bonne figure et à suspendre mon activité le temps de quelques politesses. Mon propre personnage me piégeait, mais c'était sans doute grâce à lui que j'étais encore en vie. À force de simulations, à faire semblant que tout allait toujours très bien, j'avais sans doute fini par croire que ça ne pouvait pas aller si mal. Dupée par ma propre duperie.

Le vendeur m'a rendu les clés et la voiture. J'ai payé et je suis partie. Il s'était aussitôt mis à pleuvoir et la nuit tombait. Je n'ai jamais aimé conduire dans ces conditions, mais je devais continuer de rouler.

J'étais concentrée sur la route tout en songeant à quelque chose que m'avait expliqué la kinésiologue lors de mon premier rendez-vous. Et que je n'avais toujours pas bien compris. Elle m'avait dit : « La vie n'est que vibrations. Vous vivez ce que vous vibrez. Et votre vie n'est que la manifestation de l'inconscient. »

Je regardais attentivement la chaussée. Les trombes d'eau percutaient le pare-brise, les rafales de vent pliaient les arbres et la nuit se densifiait au niveau du ravin dès que les phares des voitures l'avaient balayé. Mes mains serraient fort le volant pour tenir la route, et je parvenais à me sentir enfin en sécurité. Agrippée au volant d'une voiture secouée. J'étais même satisfaite d'avoir su rendre cette journée vivable. Et j'ai pensé que, manifestement, mon inconscient était incohérent et peut-être parfois, dangereux. Mais contrairement à ce que j'avais ressenti le matin en quittant la radio, cette fois, j'étais contente de rentrer chez moi.

Une fois que j'ai retrouvé les murs de l'appartement, j'ai pris une longue douche chaude, avec l'intention de nettoyer mon âme et de me délester des peaux mortes. Il fallait savoir poser des intentions sur les gestes du quotidien m'avait suggéré un chaman.

J'ai mangé quelques restes de poulet sec, et je suis restée un certain temps à regarder la flamme d'une bougie chauffe-plat, en imaginant que c'était un feu de cheminée. Puis, à mon horaire habituel, c'est-à-dire vers deux heures du matin, je me suis couchée.

J'ai éteint mon téléphone et je l'ai posé sur la table de chevet. Au moment où je me suis penchée pour éteindre la lumière, un goût a surgi dans ma bouche. Une odeur plutôt. L'odeur d'une haleine désagréable. Une haleine qui n'était pas la mienne. Mais je reconnaissais cette odeur. C'était une odeur d'haleine que j'avais toujours associée à celle des médecins. Sans savoir pourquoi, lorsqu'il m'était arrivé de croiser différentes personnes ayant cette haleine, et pas uniquement des médecins, à chaque fois, plutôt que de me dire que je ne m'aimais pas cette odeur, je me disais, tiens, ces gens ont une haleine de médecin.

J'ai rallumé la lumière et je me suis mise à souffler fort sur ma main pour mieux me sentir. Je venais de me laver les dents, pourtant, je ne sentais pas l'odeur du dentifrice « ultra mentholé fraîcheur garantie ». J'avais dans ma bouche l'haleine d'un autre. Le temps que je formule les choses de cette manière, l'odeur avait disparu. Ça n'a duré que quelques secondes.

J'ai éteint à nouveau la lumière. Je me suis allongée. Et comme à mon habitude, j'ai remonté la couette au-dessus de mes oreilles. Je n'ai jamais pu dormir sans la moitié du visage cachée, comme pour me protéger de l'obscurité extérieure qui donne toujours à un espace qui semble familier des allures d'étranger. J'ai pris ma position habituelle, recroquevillée sur le côté, en position fœtale. J'ai fermé les yeux.

J'ai vu une ruelle. Un sentier noir. Un bâtiment gris. Un ciel couvert. J'ai sursauté. Je savais que je n'étais pas dans cette zone très particulière qui se situe entre le réveil et le sommeil, j'étais ailleurs. Dans quelque chose de réel mais dépourvu de matière. Hors du temps. Dans une autre dimension.

Mon corps a frissonné comme si une vague glaciale le parcourait. Et mon cœur frappait, il avait l'air de vouloir sortir de moi. J'étais terrifiée. Je me suis empressée de rallumer la lumière. Sans comprendre ce qu'il venait de se passer. Tout mon corps tremblait, les mains moites. Les tempes qui tambourinaient. Les dents serrées jusqu'à l'os.

Je me suis levée m'asperger le visage. J'ai bu un verre d'eau. J'ai attendu un instant sur le bord de lit pour me calmer. Pour retrouver une respiration tempérée.

J'ai laissé une veilleuse allumée et je me suis recouchée. J'ai repris ma position sur le côté. La couette sur l'oreille. Les yeux fermés. Les bras collés contre ma poitrine. J'avais peur. Je rouvrais les yeux constamment. Paniquée. Comme pour m'assurer que tout était en place dans la chambre. Que j'étais vivante. Sur Terre.

Je fermais les yeux, et les rouvrais sans cesse, à l'affût. Terrorisée par ce que je pouvais voir derrière mes paupières.

J'ai changé de côté. J'ai tenté de me calmer en me raccrochant à mon souffle. J'alternais de narine dans mes respirations. Puis, lorsque les tensions se sont légèrement dissipées, aussitôt le bâtiment gris est réapparu. Des escaliers sombres. Du carrelage. Une main. Un médecin. Je me suis relevée en sursaut. Je ne dormais pas. Ce n'était pas un cauchemar. C'étaient des souvenirs. Flous, succincts, désorganisés. Mon cœur s'était transformé en bulldozer prêt à faire exploser ma poitrine. Je sentais mes tempes bouillir, mes aisselles transpirer. Au point de légèrement convulser.

Un flashback. Mis en scène comme dans un film. Cette intrigue, découpée au millimètre, n'avait rien d'un artifice. C'était exactement de cette manière que ma mémoire reconstituait le souvenir. En parcimonie. Dans ce rythme et cette même quantité d'informations. Et chaque image distillée en douceur était terrifiante. Pourtant, comme dans un film de Robert Bresson, ces visuels ne montraient rien d'explicite. Tout était suggéré. Mais dévastateur.

J'ai attrapé le téléphone. J'ai fait défiler les noms de mon répertoire. Je ne savais pas qui appeler. Et je n'aurais pas su quoi dire. Je devais me calmer. Je me suis mise à regarder des photos. Des vidéos

Snapchat de ma filleule. J'ai fait un tour sur mon fil d'actus. Puis sur le compte Twitter d'*Europe 1*. Je laissais les mauvaises nouvelles du monde me sortir de l'angoisse : les talibans décapitent les mannequins femmes des vitrines de magasins, les Jeux Olympiques maintenus aux pays des Ouïghours, les dix-sept tonnes de déchets plastiques déversées chaque minute dans les océans, les migrants instrumentalisés et transformés en chair à barbelés par Loukachenko, les 30 % de bénéfices pour les plus grandes fortunes en un an de Covid….

J'ai reposé le téléphone. La constance de la monstruosité du monde me permettait de relativiser. Je me suis couchée. Sur le côté. Couette sur l'oreille. Corps recroquevillé. Mains serrées. Dans quatre heures, il ferait jour.

Et la peur est revenue. Je ne pouvais pas continuer. Cette fois, je décidai d'aller voir. Personne ne pourrait le faire à ma place. Ni me tenir par la main. J'ai refermé un œil, tout en gardant l'autre ouvert, en direction du plafond. Les reflets des phares des voitures me raccrochaient au mouvement continu et rassurant de l'instant présent qui se déroulait paisiblement. Et je suis retournée voir les images. En avançant très lentement. Je me suis accrochée à l'oreiller. Apeurée. Sans comprendre pourquoi mon corps me signifiait tant d'appréhension. Il était crispé. Proche de la tétanie.

À nouveau, une main. Puis, un cabinet médical. Un médecin. Une culotte. Une autre main. Une table d'examen. Une grande fenêtre. Des rideaux à lamelles. Un néon au plafond.

J'ai rouvert l'œil fermé, d'un coup brusque. Tout était presque clair. J'étais en nage. J'ai senti mes yeux remplis d'eau, mais je ne pleurais pas. J'avais froid. J'avais très froid. J'ai couru à la salle de bains, j'ai branché le sèche-cheveux pour tenter de me réchauffer. Pour sentir quelque chose du monde extérieur. J'ai cru que je n'étais plus réelle. De l'air brûlant à quelques millimètres de ma peau mais je ne sentais rien. J'avais le sang glacé, il semblait avoir figé l'ensemble de mes veines. J'essayais de me convaincre que c'était autre chose qu'un souvenir. Il fallait que ça soit autre chose.

Dans le miroir, j'ai vu mon reflet. J'ai vu le reflet de quelqu'un d'effrayé. Et dans le regard terrorisé du reflet, j'ai compris. Cette fois, j'avais compris. La chaleur de l'appareil me brûlait la peau sans me réchauffer. Je me suis assise par terre, le sèche-cheveux toujours en main, figée comme une pierre, le regard vide, l'œil sec, je voyais tout défiler. Les yeux ouverts ou fermés, cela ne changeait plus rien. C'était là. Devant moi. Derrière mes yeux. Le souvenir se déroulait sans que je puisse l'interrompre. Comme si c'était hier. Comme si c'était maintenant. Le passé était venu se confondre avec l'instant, et mettaient toutes les dimensions temporelles au même niveau. Tout était aplati par l'écrasante révélation.

Je suis assise à son bureau. Il est en face. Il prend des notes avec un stylo. Je ne distingue pas les traits de son visage mais c'est un bel homme. Je sais que je trouve qu'il est beau. Il se lève. Fait un geste pour que je m'installe sur la table d'examen. Je suis allongée. En culotte et tricot de peau. Ses grandes mains se déplacent sur mon ventre. Mon cou. Elles sont froides. Parfois elles appuient légèrement. Et passent sous le tricot. Des gestes d'examen. Je me dis, ce sont des gestes d'examen. Des ongles soignés.

Sa bouche contre la mienne.

Son regard s'enfonce dans le mien. Mon œil terrorisé cherche à comprendre.

Sa langue dure comme un bout de fer m'empêche de déglutir.

Ses mains sur mon corps pétrifié. Ma culotte retirée. Mes genoux viennent se coller à ma poitrine, les jambes pliées. Je pense à ma mère qui est dans la salle d'attente, à côté. Avec ma petite sœur. Un mur nous sépare. Mais un système solaire vient de nous éloigner. J'appréhende. Je me tais. J'ai peur. La lumière a l'air de changer de couleur. Je ne comprends pas ce qu'il m'arrive mais je sais qu'il se passe quelque chose de pas normal. De pas bien. Je ne sais pas si je fais une bêtise. Je crois que je suis en train de faire une bêtise. J'ai peur. J'ai mal en bas. Une sensation que je ne connais pas. Je sens ma mâchoire se serrer. Mes dents semblent collées avec du ciment. Mon cœur bat dans ma tête. Dans mon ventre. Dans mes oreilles. Je ne respire plus. Je fixe le vide. Quelque chose me pénètre mais je ne sais pas quel est cet endroit. Je ne comprends pas ce qu'il m'arrive. Je tourne la tête sur le côté. La joue collée contre le simili cuir froid. Je regarde les rideaux en lamelles. Ils ont l'air triste.

Aucun son. Je ne sais pas ce qu'il disait. Je n'ai pas les sons. Pourtant ses lèvres bougeaient. Puis une pensée fugace m'a traversée, comment je m'étais retrouvée seule avec lui ? Pourquoi ma mère était-elle restée dans la salle d'attente ? Peut-être que ma sœur, encore bébé, pleurait ? Peut-être que le médecin avait simplement dit à ma mère, gentiment, prévenant, qu'il n'en aurait pas pour longtemps. Qu'elle pouvait attendre là, tranquillement ? Peut-être que lorsqu'un médecin dit quelque chose, quoi que ce soit, on l'écoute. On fait confiance. On s'exécute. Peut-être que je ne le saurai jamais.

Mon carnet de santé ! Je me suis empressée de le récupérer, dans le tiroir des rallonges. Sous des câbles emberlificotés. Mes mains tremblaient. Elles avaient du mal à tourner les pages. Mon cœur avait l'air fracassé, comme si ses débris battaient partout dans mon corps, et que j'allais perdre ce qu'il en restait. Je consultais le carnet. J'y voyais une terre d'indices.

J'espérais y trouver une preuve. Je parcourais les pages de cette relique à la vitesse d'un éclair, dans une intense concentration. Je scannais les noms des différents médecins que j'avais consultés. Le nom d'un pédiatre apparaissait sur cinq années.

Des noms de vaccins suivis d'un tampon et d'une signature. Des diagnostics. « Toux », « Otite », « Gastro-entérite », « Bronchite ». J'ai continué de parcourir le carnet. Puis un nom. Un nom m'a sauté aux yeux. Un nom m'a perforé l'âme. Un nom m'a propulsée dans les abîmes de l'univers. Un nom que j'avais totalement oublié. Un nom qui, d'un coup, m'éclatait la rétine et faisait tout exploser dans ma tête. C'était lui. Ce nom, c'était une évidence. Le docteur L. C'était le docteur L. Mon médecin généraliste. Son nom remplissait les lignes du carnet sur trois années. Sur le compte rendu de la dernière consultation, je lisais « Monovax ». J'ai fait correspondre les dates avec mon vieux passeport qui avait l'air d'attendre à côté. Ça s'était passé juste avant mon départ pour l'Argentine. Je venais de remporter le titre de championne du Haut-Rhin de GRS. C'était en Alsace. En juin 1991. Sur la courbe du carnet de santé, je mesurais 1 m 31 et pesais 22 kilos. J'avais 8 ans.

6

La boîte crânienne explosée, je n'entendais plus mon cœur. Je ne sentais plus rien. Pousser un cri, faire un mouvement, c'était impossible. Je ne savais pas comment remuer un orteil, ni battre un cil. Mon corps ne répondait plus de rien. J'étais tétanisée. Le carnet de santé à la main, comme collé à mes doigts avec de la Super Glue, je restais assise sur le parquet. Figée dans le néant. Coupée de toute temporalité. Projetée dans l'inconnu.

J'ai senti mon corps s'écraser sur les lattes, le contact du sol sur une cheville, la cuisse puis ma joue. Je n'étais qu'un poids. Indéfinissable. Une infime particule de plomb perdue dans la galaxie. J'étais allongée. Sans me souvenir d'avoir ordonné à mon corps de se mettre dans cette position. Je ne me possédais plus. Je ne décidais plus. Recroquevillée. Immobile. Pétrifiée. J'ai senti l'eau couler sur mes joues. Des torrents jaillissaient de mes orbites comme à Iguazú. L'eau sortait de moi au rythme d'une gastro-entérite, de l'âme. Je vomissais mes larmes. J'ai fermé les yeux et j'ai attendu. J'ai attendu longtemps. Les sinus bouchés, j'étouffais dans ma morve, incapable de me relever et de me moucher. Je n'en aurais même pas eu l'idée.

Quelque chose montait à l'intérieur. Ça hurlait au fond de mon ventre. Mais c'était le bruit de mon silence qui l'emportait. Jamais je n'aurais pu hurler aussi fort que ce qui se jouait dans ma chair. À l'intérieur, j'implosais. Mon enveloppe était devenue minuscule, dérisoire, par rapport à ce qu'elle contenait. J'étais à l'étroit. Comprimée dans ma cage thoracique, mes os, ma tête. Remplie d'explosifs. J'avais envie de vomir, de me vomir. C'était long.

Choc. Sidération. Pulvérisée. Foudroyée. Démolie. Anéantie. Fracassée. Tétanisée. Morte. Ce sont les mots qui se rapprochent le plus de ce dont il s'agissait. Lorsqu'on les mélange et qu'on secoue le shaker dans tous les sens. Pourtant ils en sont loin. Si loin. Des qualificatifs qui ne voulaient pas dire grand-chose. L'endroit dans lequel j'ai été propulsée n'avait aucune place pour du vocabulaire. Les mots, les émotions, les sentiments. Ça se passait ailleurs. Au-delà. J'ai cru que je mourrais plusieurs fois de suite. Et qu'on m'achevait encore davantage. Peut-être que je n'étais pas loin de ça, proche de ce à quoi ressemble la mort. J'ai cru qu'on m'arrachait la tête. Les membres. Qu'on me broyait les entrailles. Qu'une kalachnikov logeait en moi et dégainait tout sur son passage. J'ai pensé que cette fois, la violence était telle, que je ne me relèverais pas. J'étais à terre. Écrasée. Morcelée. En miettes.

Appeler à l'aide. J'en étais incapable. Me relever était inenvisageable. J'étais paralysée de stupeur. Je ne pouvais parler. Je ne pouvais ni bouger ni penser. J'étais en état de mort cérébrale. Le silence et l'immobilité étaient les deux seules choses que je pouvais reconnaître. Le reste, je ne l'avais jamais exploré. Je pénétrais un monde de ressentis, d'états, de douleurs, que je ne connaissais pas. C'était l'inconnu, à l'infini.

Après cette paralysie, dont j'ignore la durée, j'ai senti mes mollets engourdis frotter le sol. Mon corps lourd s'est relevé timidement. Incertain de tenir le mouvement jusqu'au bout. Le dos en équerre, le cou collé au mur, je regardais le mur en face à moi. Ce n'était plus un mur, mais l'horizon qui s'était rapproché. C'est à lui que j'ai adressé ma première pensée. Elle s'est formulée dans ma tête, aussi clairement qu'un son dans un retour de casque : ce n'est pas croyable. Au sens premier du terme, ce n'était pas possible. Ce n'était pas acceptable. Ce n'était pas concevable. Pourtant, c'était un souvenir. Ce n'était pas un cauchemar. C'était du vécu. Un souvenir aussi clair qu'un « *siete, siete, cuatro,*

cuatro, uno, siete, siete ». Un morceau du passé qui déboulait chez moi comme un étranger qui viendrait frapper à la porte. On ne sait pas de qui il s'agit, mais dès qu'on l'aperçoit, on sait qu'on le connaît. On le reconnaît. On déteste l'idée d'être familière à cet étranger, mais on le connaît trop bien puisqu'il nous habite. Alors on le fait entrer et on laisse ce souvenir étranger s'installer chez soi. Prendre la place qu'il a pourtant toujours occupée. Et on laisse le jour se lever.

7

Mon corps avait migré sur le canapé. Je ne savais plus comment l'installer ni quoi en faire. Des heures entières, il restait allongé sans pouvoir bouger. Momifié. Il était comme ces mimes-statues qu'on voit parfois près des lieux touristiques. Dans une immobilité terrifiante. Même le mouvement des respirations était impossible à identifier. Si on avait déplacé le canapé sur la place publique en bas de chez moi, on aurait sans doute gagné un paquet d'argent.

Mon corps appréhendait qu'un soupçon d'agitation vienne redonner de la vitalité au cerveau ou à la mémoire. Il se méfiait de tout. De lui-même. Il craignait de fermer les yeux. Il avait également peur de les garder ouverts. Il ne voulait pas revisiter l'horreur, ni ajouter de nouveaux détails, mais il ne voulait rien oublier. Alors il restait figé dans ce nouvel espace-temps.

Attraper un verre. Boire de l'eau. Mettre un pull. Regarder l'heure. Je découvrais tout. Je ne reconnaissais rien. J'avais l'impression d'avoir changé dc pays et que tout était dans une langue étrangère. Trente ans de vie pulvérisés par quelques minutes de souvenir, et autour de moi, tout s'était désagrégé. Tout avait l'air faux. Ce corps également. Mon corps. La peau. J'observais mes mains, mes jambes allongées, comme si c'étaient celles d'une autre. Tous mes ressentis, mes expériences, mes souvenirs, mes rencontres, mon vécu, tout était désormais biaisé. Peut-être que j'avais froid, peut-être que j'avais chaud, j'étais incapable de le définir. Il n'était plus question de quelques souvenirs du passé que j'étais parvenu à rafraîchir en restaurant l'intérieur d'une fichue malle, il s'agissait d'une vie entière que je découvrais. Et c'était la mienne. Je devais me la réapproprier. La réinterpréter. L'apprivoiser. Alors que j'en maudissais l'intégralité.

Je ne savais plus qui j'étais. Je sentais mes cellules fuser dans tous les sens. Je n'avais rien à quoi me raccrocher, ma cervelle était de la bouillie, mes références émotionnelles n'existaient plus. Je pensais pourtant être assez rodée en termes de souffrance. Désormais, c'était une cascade de démolition. J'ai cru que je devenais folle. J'expérimentais l'état d'un cerveau malade. Je sentais qu'il fréquentait ses limites. De très près. Je craignais qu'il les ait dépassées sans jamais pouvoir revenir en arrière. Que tout puisse encore empirer. Que la démence l'envahisse.

Je n'avais qu'une envie, qu'il refasse une amnésie.

Simultanément, un sentiment étrange et incongru venait effleurer ma conscience. Alors que je ne maîtrisais plus rien, qu'une forte nausée s'était déposée en moi comme une plaque d'huile sur une flaque d'eau, une sensation s'infiltrait insidieusement, l'air de vouloir s'installer. Je ne pouvais ni la nommer, ni la comprendre. Une partie de mon cerveau tentait d'ailleurs de la refouler, de la proscrire. Mais elle était là, consistante et solide. Déterminée, indescriptible, elle s'agrippait à mon crâne comme de la vase. Et elle faisait si mal du bien. Si cette sensation devait porter un nom, ça serait le soulagement. Je ressentais du soulagement. Et je le condamnais.

Il apparaissait de manière très fine, très brève, mais très puissante. Et il se diffusait à l'intérieur de mon corps, légitimé par un trouble constat. Toutes les incompréhensions et absurdités de ma vie, toutes sans exception, devenaient soudain lisibles. Intelligibles. Claires. Limpides. Logiques. Cohérentes. Tout avait un sens. Le besoin de destruction, mes ressentis les plus insondables, tout s'expliquait. La part de moi la plus sombre s'éclairait. Cette douleur indicible et indomptable qui m'avait étreinte jusqu'à l'étouffement, était maintenant contenue dans un cadre fini. J'avais une explication à tout. J'avais le vertige. Ces quelques minutes dans le cabinet médical, expliquaient des décennies de douleur, d'incompréhension et d'impuissance. Quelques minutes qui en avaient régenté une multitude d'autres. Quelques minutes que ma mémoire avait cachées dans un coffre-fort fermé à triple tours. Je bannissais ce soulagement tant il venait me torturer davantage. J'étais censée me réjouir d'avoir trouvé la clé, même si cette clé était tordue. Effroyable. La vie me proposait un défi de taille, m'apaiser à travers un épisode d'horreur. Tout se mélangeait dans ma tête, dans mes états. La confusion régnait en maître absolu.

Et rétrospectivement, je ne pouvais que constater, à la fois ébahie et révoltée, la quantité d'indices que je n'avais pas su décrypter toutes ces années durant. J'avais eu des tonnes d'indications. Je n'avais même connu que ça. J'étais consternée par mon manque de perspicacité tant chaque événement avait crié la même vérité. Dans mon travail, mes relations amoureuses, amicales, familiales, mon quotidien, j'avais sans cesse rencontré des situations d'emprise, d'abus affectifs, qui étaient toujours venues taper au même endroit : le sentiment d'injustice. Ma vie entière n'était qu'une accumulation d'indices lugubres et tape-à-l'œil qui ramenaient à lui.

Ce qui me frappait, c'était le carcan schématique dans lequel les mêmes situations s'étaient reproduites, à l'infini. Fatalement. Au point de m'y habituer, de m'en accommoder, et d'appréhender ce qui se présentait, dans des prédispositions d'échecs. Sciemment ou pas, de m'atteler à les déclencher. À composer des prophéties auto-réalisatrices. Et comme par magie, je comprenais soudain la théorie farfelue de la kinésiologue. En effet, la vie n'était peut-être que la manifestation de l'inconscient. Un inconscient qui revenait sans cesse comme un boomerang, jusqu'à lui permettre de passer sur le plan du conscient. C'était peut-être aussi bête et insupportable que ça.

Et je n'avais pas su voir. Personne autour de moi n'avait vu. Jaillissait pourtant de ma mémoire, un détail qui aurait pu m'épargner quelques décennies de détresse. Mais qui, pourtant, était passé inaperçu. Un indice très concret. Parmi tant d'autres. Je me souvenais que, brusquement, à l'âge de 10 ans, j'avais décrété à mes parents que je ne voulais plus qu'on me touche. Malgré ce signe qui hurlait la nature du problème et scandaliserait n'importe quel parent du XXIe siècle, et le ferait partir fissa en rendez-vous chez un pédopsychiatre, dans les années 1990, ça n'était pas alarmant. Ma requête avait été acceptée, naturellement. Respectueusement. C'était même devenu une façon de me présenter lorsque des collègues ou amis de mes parents nous rendaient visite. Parfois, au moment où il fallait les saluer d'une bise et que j'approchais un peu engoncée, ma mère justifiait mon attitude par une simple formule. « Ah Elsa, on n'a pas le droit de la toucher, ni de l'embrasser. » Avant d'ajouter : « C'est une passade. » Et de laisser chacun mettre ça sur le compte d'une adolescence précoce.

Peu de temps après, je ne voulais plus qu'on m'appelle Elsa, mais plutôt Sarah. Mon deuxième prénom. Que je voyais comme un joker, une nouvelle donne pour l'existence. Elsa, je l'avais perdue et je ne voulais plus en entendre parler. Et là encore, ma revendication amusait plus qu'elle ne choquait.

Et je n'en veux ni à mon père, ni à ma mère. Dans les années 1990, Montessori ne régnait pas sur le monde de l'éducation et aucun parent ne s'agenouillait en permanence, prêt à décortiquer les moindres faits et gestes de son enfant. Les années 1990, c'était un autre contexte, une autre époque. C'était plutôt la hantise des kidnappings qui monopolisait l'attention. C'était l'époque du petit Grégory, parmi tant d'autres enfants dont les disparitions étaient signalées par des affichettes collées sur les vitrines des boulangeries ou à l'entrée des bureaux de poste. Les photos de mauvaise qualité de ces enfants disparus me terrorisaient. Je voyais des anges aux ailes coupées. Des fantômes. J'essayais de percer leurs regards pour savoir où ils se cachaient.

Comme pour tous les enfants de mon entourage, les instructions avaient été claires : ne pas suivre un monsieur avec des bonbons ou un pain au chocolat. Malgré la capacité que j'avais développée pour détourner les ravisseurs et les kidnappings, je n'avais aucune idée de ce qui pouvait se passer concrètement une fois kidnappée. Cela restait terrifiant mais très abstrait. Lorsqu'à la télévision on montrait les images des fouilles du jardin d'un dénommé Marc Dutroux, je trouvais amusant qu'on fasse des trous dans le jardin de Dutroux. Ça s'arrêtait là. Je ne savais pas exactement ce qu'on lui reprochait, si ce n'est d'avoir attrapé des enfants, et comme pour Hansel et Gretel, de les avoir peut-être mangés. Mais cette conscience collective du kidnapping ne m'a pourtant pas empêchée, à 8 ans, de disparaître.

Désormais, aux instructions « ne pas suivre un monsieur avec des bonbons », je me disais qu'il aurait peut-être suffi d'ajouter qu'aucun monsieur ni aucune madame n'avaient le droit de toucher le sexe d'aucun enfant. Ou sa « mistouquette », puisqu'à la maison c'était le nom qu'on donnait à cette partie occulte de mon corps. Et j'étais loin d'imaginer qu'il s'agissait en fait d'une cavité dans laquelle on pouvait entrer par effraction.

Le plus troublant, c'est que je pouvais investir à nouveau le corps et l'esprit de la petite fille que j'étais juste avant ma disparition. Comme si un claquement de porte nous séparait. Pourtant je l'avais totalement perdue de vue pendant trois décennies, j'avais même oublié qu'elle existait.

Je pouvais revivre le moment où j'étais sortie du cabinet médical. Ma mémoire avait tout conservé, intact. Lorsque j'avais quitté le cabinet du docteur L., je ne comprenais pas bien ce qui s'était passé, mais je sentais que quelque chose de terrible avait eu lieu. Et je pensais que c'était un peu ma faute. Je pensais que c'était un peu ma faute parce que je me rappelais, clairement, que je trouvais le docteur L. très beau. Cette pensée avait été très évidente dans ma tête de petite fille. Et sans comprendre exactement ce que j'avais provoqué, je portais en moi un lourd sentiment de responsabilité. De culpabilité.

Lorsque je suis sortie du cabinet, j'ai pensé qu'on avait changé l'éclairage, tant les choses avait diminué en intensité. Je me souviens de cette sensation de trouver qu'il faisait soudain sombre. Comme si on venait d'éteindre la lumière du monde. Comme si l'allumeur de réverbères dans *Le Petit Prince* de Saint-Exupéry était venu éteindre ma petite planète. Et cette obscurité ne se levait jamais. Avec le temps, j'avais appris à vivre avec. Je me faisais à l'idée que c'était comme ça. Pour toujours. Tout en remarquant que ça n'avait pas l'air tout à fait pareil pour tout le monde. Je marchais dans le noir alors qu'il faisait jour. C'était la nuit en plein jour. C'était la nuit pendant des jours. J'avais même oublié qu'avant, il avait fait jour.

C'était sans aucun doute en ce jour de juin 1991 que j'avais compris que le Père Noël n'existait pas. Pour une raison très simple, je ne pouvais plus me souvenir qu'un jour il avait existé.

J'avais quitté le monde de l'enfance. Je ne suis pas entrée dans le monde des adultes pour autant, je suis allée ailleurs. Dans un monde solitaire, douloureux et secret. Un monde invisible et cloisonné. Une dimension opaque. Des sphères parallèles. J'étais entrée dans un tableau de Soulage. Avec des nuances très subtiles, des variations délicates, mais toujours dans le même ton, le noir.

Et malgré le mouvement, les voyages, les rencontres, les sourires des Brésiliens, les shows de Xuxa ou le soleil de minuit de la Scandinavie, l'obscurité ne se levait jamais. Elle se renforçait. Elle s'accouplait avec mon identité. J'étais devenue sombre. Je ne vivais pas vraiment. Je n'existais qu'à moitié. Sans doute moins encore.

Mon enfance s'était terminée à 8 ans. Et la vie avec. Les événements ont continué de se dérouler, mais je n'étais plus là. J'assistais impuissante aux tempêtes, aux tremblements de terre, sans cesse percutée et intouchable à la fois. J'étais enfermée dans une bulle, dans une grotte, une prison, et je n'existais qu'en surface. Sans que je puisse pleinement me mêler aux autres. Au mouvement vital qui m'entourait, ni à celui qui devait pourtant couler en moi.

Les années qui ont suivi, et sans que je puisse en comprendre les raisons, j'étais en décalage avec le monde, les autres, ma propre vie. Toujours. Mais c'était ma norme. Je développais un talent certain d'observation, sans jamais véritablement participer à l'action. Et je m'observais faire semblant de vivre, condamnée à ne pas pouvoir faire autre chose que demeurer spectatrice. Alors j'aiguisais mon sens de l'humour pour parvenir à exister un minimum en société, pour donner une utilité à ma présence, et neutraliser les éventuels malaises des autres. Tant je voulais qu'ils se sentent mieux que moi.

Je me retrouvais en dehors des moments que je vivais. Des âges que je traversais. Des pays que j'habitais. Je me sentais moins fille, moins humaine, moins bien, moins vivante, moins présente, moins sincère, moins là, moins. Toujours moins que tout. Étrangère. Je me devinais handicapée, privée de quelque chose, mais sans pouvoir le signaler. Ni le comprendre. Je m'imaginais, tel *E.T. l'extraterrestre*, pouvoir un jour « téléphoner maison », qu'une soucoupe volante vienne me chercher et enfin rentrer chez moi. Où que ce soit. Mais partir, ailleurs. Loin.

Et depuis ce jour où j'étais sortie du cabinet médical, sans l'enfant qui y était entrée, je me suis attelée à cacher ce dont j'étais amputée. Sans la moindre idée de ce dont il s'agissait. Simplement consciente d'une déficience. D'un trouble. D'une pathologie. Je craignais que si les autres enfants la détectaient, ils me fuiraient. J'étais seule. Même entourée. Alors souvent, je m'isolais. L'isolement me renvoyait un état moins compliqué à supporter. Et sollicitait moins d'énergie à déployer. Cette solitude profonde, inexplicable, infernale, je l'ai traînée dans les couloirs du primaire, du collège, du lycée, de la fac. Sur les manèges, les balançoires, dans les zoos, les aéroports, les bibliothèques, les cantines, les classes vertes. Dans les boulots, les soirées, les lits, les concerts, sur les plages, à la montagne, dans les gares, les colocations, les mariages, les fêtes. À la radio. Dans ma malle. Partout, toujours, je déambulais comme un fantôme, accompagné de ma solitude. C'était devenu ma meilleure alliée, la plus fiable, la plus constante. La plus fidèle.

Et depuis mon canapé installé dans le couloir du temps de l'année 2021, ma mémoire s'était mise cette fois en roue libre. Tout un tas d'événements, d'apparence anodine et anecdotique, déboulait et changeait subitement d'aspect, de couleur et d'épaisseur. Comme cet étudiant qui était dans la même promotion que moi pendant mes études supérieures. Un très beau garçon, intelligent, sympathique. Pourtant, je le craignais. Par-dessus tout, je détestais son nom de famille. Consciente que c'était idiot de juger quelqu'un sur son nom. Mais c'était plus fort que moi. Ce nom, qui surgissait soudain du néant comme une révélation, c'était le même que celui du docteur L. Et ce nom de famille avait rendu cet étudiant infréquentable. Sans que je sache pourquoi. Sans raison apparente.

Il en était de même pour toutes ces périodes, dès l'adolescence, pendant lesquelles je peignais frénétiquement, prise par un besoin viscéral d'expression non verbale. Les dessins et toiles me revenaient soudain en mémoire. La plupart représentaient des femmes aux traits figuratifs et couleurs flashy, peintes derrière des barreaux. Les corps démembrés. Les yeux coulants de peinture noire, épaisse. J'avais exposé et vendu les tableaux à plusieurs occasions dans des galeries d'art mais personne ne s'était interrogé sur leur profonde noirceur. Surtout pas moi.

Ou encore le Téléthon et la musique du générique qui sont venus clignoter dans ma cervelle. La seule association à qui je faisais un don chaque année. Sans chercher à comprendre pourquoi cette cause plutôt qu'une autre, alors que je n'avais jamais eu autour de moi de personnes handicapées. Désormais, ma sensibilité aiguë pour le handicap était plus claire. Il s'agissait du mien. Les plaies de mon âme m'avaient paralysée un peu comme l'aurait fait une maladie rare ou auto-immune. Mon fauteuil roulant était invisible, mais lorsque je voyais à la télévision des enfants assis sur leurs petites chaises téléguidées, j'étais dévastée tant je reconnaissais une partie de ma condition. Et je cherchais à la combattre en partageant un peu de mon RSA.

Et parmi tous ces souvenirs éloquents qui se pointaient comme les solutions d'une énigme impossible à résoudre, il y eut aussi cette fois où je déposais ma filleule, alors âgée de 5 ans, chez une de ses camarades de classe pour un goûter. Je l'avais observée, elle et sa vulnérabilité, s'engouffrer dans l'appartement de ces inconnus. Lorsque le père avait refermé la porte d'entrée, nous laissant mon amie et moi sur le paillasson, impuissantes, j'avais imaginé le pire. J'avais pensé qu'on venait de livrer, en toute confiance, en toute irresponsabilité, une petite proie. J'avais partagé mon angoisse démesurée avec mon amie, la mère de ma filleule, tout en m'excusant d'être sûrement parano. Et sans avoir de véritables raisons de l'être.

Toutes ces anecdotes se compilaient dans ma mémoire comme les indices disparates d'une enquête criminelle mal menée sur laquelle je faisais, enfin, la lumière. Pendant toutes ces années, dans cette énigme qu'on appelle la vie, je n'avais rien su voir. Comme si les choses m'avaient échappé en permanence alors qu'elles avaient régenté ma vie. Je regrettais de ne pas avoir été plus vigilante. Plus lucide. Plus curieuse. Je m'en voulais de m'être accommodée de situations étranges et désagréables, sans véritablement les questionner. J'avais été une sorte de marionnette, prise dans un cycle infernal de situations qui éclairaient et éteignaient le réel, condamnée à l'inaction, à la souffrance et au déni.

Je me suis relevée du canapé, comme pour mieux affronter ces prises de conscience qui avaient maintenant l'air de transformer mon sofa en cercueil tant elles m'accablaient. J'ai eu quelques vertiges, à cause d'une hypotension manifestement. Puis je me suis mise à chercher sur Internet ce que disait la loi. C'était finalement l'aspect le plus important à décortiquer dans ce qu'il m'arrivait.

Les textes étaient compliqués. Le vocabulaire et les formulations juridiques, effrayantes. Des contenus austères qui manquaient cruellement d'humanité. Pourtant ils prétendaient la défendre.

Je lisais que, selon la loi, un abus sexuel sur mineur était prescrit 20 ans après l'âge de la majorité. C'est-à-dire à l'âge de 38 ans. Je n'avais pas besoin de faire de longs calculs pour comprendre que cela faisait pile 21 ans que j'étais majeure. Par conséquent, cela faisait un an que « l'affaire » était prescrite. Une « affaire » prescrite avant même de la déterrer. Je trouvais cela aussi fou qu'insupportable. Je pensais, quoi d'autre qu'une amnésie ou qu'une loi pourrait pourtant oublier ?

Cette loi venait poignarder mon réel une nouvelle fois. Et me sanctionner davantage. Comme si des hommes, des législateurs, venaient piétiner mon histoire et m'ôter mon ultime droit, le devoir de mémoire.

En continuant mes recherches, j'apprenais que la loi Schiappa, votée le 3 août 2018, permettait de rallonger le délai de prescription de 10 ans pour les crimes sexuels sur mineurs. Il était désormais possible de porter plainte jusqu'à 30 ans après la majorité. C'est-à-dire jusqu'à 48 ans.

Cette fois, j'ai fait un calcul un peu plus compliqué, j'ai même compté sur mes doigts. À plusieurs reprises. Il me restait 9 ans. Neuf années de sursis pendant lesquelles mon drame aurait une vague légitimité d'exister avant qu'on l'élimine définitivement. Je regardais mes neuf doigts dressés vers le ciel, ils avaient l'air vulnérable au point que cette nouvelle temporalité semblait soudain très courte. Bizarrement, ce nouveau délai était encore plus déstabilisant que le précédent. Comme s'il validait l'essence même de la prescription et que son existence avait un sens. À en croire les articles, il semblait d'ailleurs qu'une sorte de combat avait été remporté en allongeant ce délai. De 10 ans.

Dans un nouveau texte, toujours plus compliqué à traduire dans le langage du réel, j'apprenais que cette loi n'était pas rétroactive. Les affaires prescrites avant 2018 le restaient. La seule possibilité de faire condamner le criminel d'un fait prescrit était de trouver d'autres victimes de ce même bourreau, ayant subi des crimes suffisamment récents pour qu'ils ne soient pas prescrits. Article 7 alinéa 3 du Code de procédure pénale :

« L'action publique des crimes mentionnés à l'article 706-47 du présent Code, lorsqu'ils sont commis sur des mineurs, se prescrit par trente années révolues à compter de la majorité de ces derniers ; toutefois, s'il s'agit d'un viol, en cas de commission sur un autre mineur par la même personne, avant l'expiration de ce délai, d'un nouveau viol, d'une agression sexuelle ou d'une atteinte sexuelle, le délai de prescription de ce viol est prolongé, le cas échéant, jusqu'à la date de prescription de la nouvelle infraction. »

Un principe de prescription dite « glissante », également appelé « en cascade ». Ces termes qui se revendiquaient novateurs, m'évoquaient pourtant quelque chose de ludique et d'inadapté, pour ne pas dire foireux. Glissante ou en cascade, ces mots auraient pu appartenir au champ sémantique de la maçonnerie et du bâtiment. Je pouvais facilement imaginer ces termes sur un plan de chantier. Pour un terrain à construire, des escaliers ou une terrasse, juste là, près des fontaines. Un nom de dessert également, la tarte Tatin et son coulis de pommes en cascade. Ou encore des noms de toboggans, des animations de parc aquatique ou des attractions de fête foraine. La grande roue glissante et la toupie géante en cascade.

En revanche, lorsqu'il s'agissait de rallonger un délai de prescription et parler de multirécidivistes, ces mots avaient l'air de porter sur eux l'infaisabilité de la mise en pratique de ce qu'ils défendaient. L'idée insidieuse d'avoir à prouver la sérialité de son bourreau pour faire valider sa peine, m'exaspérait. Et celle d'avoir à se réjouir, voire espérer trouver d'autres victimes plus récentes pour légitimer son cas individuel, m'assommait. Il me semblait que les conséquences à titre personnel étaient abominables, et ce, qu'il y ait une seule victime ou trois cents.

Plus je lisais la loi, les textes, les alinéas, les dérogations, les exceptions, les annexes, les astérisques, plus je comprenais que le droit, dans ce cas précis, n'était pas adapté. Il semblait inapplicable, et même, complètement à côté de la plaque (voir Annexes 1-2).

Néanmoins, prescription ou pas, je ne ressentais pas le besoin de porter plainte. Déjà parce que selon le collectif #NousToutes, j'apprenais qu'au moins 60 % des plaintes étaient classées sans suite. Sans suite l'étaient également 74 % des viols sur mineurs selon Info Stat Justice. Sans suite. Le terme est glaçant. Sans suite le deviennent avant tout les vies des enfants abusés.

Mais surtout, je ne souhaitais pas ficher en l'air la vie de quelqu'un. Même celle d'un prédateur. Je n'étais pas dans un besoin de vengeance. Ni de scandale. Je sentais que la réparation se jouait ailleurs. Je me suis dit que, là encore, je devais être en décalage. Je trouvais inutile de détruire la vie de son éventuelle femme. De ses éventuels enfants. Détruire d'autres vies ne reconstruirait pas la mienne. Tuer d'autres personnes ne me ressusciterait pas non plus. Pourtant j'avais en moi une haine que je n'avais jamais soupçonnée. Je haïssais le monde, la vie. Et surtout, je me détestais moi.

Je me suis contentée de vérifier si le docteur L. pratiquait toujours. Son cabinet était fermé depuis 10 ans. J'osais alors imaginer, espérer, que le docteur L. n'était plus en état de nuire. Et le seul dédommagement que je souhaitais, c'est qu'il ne dormirait jamais tranquille. J'avais pris la perpétuité à 8 ans, les éventuelles insomnies de mon bourreau me consolaient *a minima*. C'était l'unique condamnation que je pouvais prononcer, un sommeil altéré par la culpabilité. Une existence sur le qui-vive. Une âme et conscience emprisonnées. Que cet individu puisse craindre la justice, l'appréhender dans sa chair, c'était déjà la voir agir. C'était déjà une condamnation. C'était ma paix contre la sienne, tant les deux devenaient incompatibles. La mienne dépendait de son intranquillité éternelle. Cela me semblait être une peine juste, permettant de condamner à vie sans condamner à mort. Une sorte d'imprescriptibilité symbolique.

Toujours en continuant mes recherches, j'apprenais que plusieurs pays européens avaient déjà opté pour l'imprescriptibilité dans le cadre des abus sexuels sur mineurs. La Finlande, la Grande-Bretagne, les Pays-Bas, la Suède, la Hongrie, ou encore la Belgique, très récemment. Si cette nouvelle loi ne changeait sans doute pas grand-chose dans l'application qu'on pouvait en faire, et qu'il allait être difficile d'en saisir les effets sur le court et moyen terme, elle avait le mérite d'envoyer un message fort. Celui de la tolérance zéro. Celui d'une société qui condamne moralement et de la manière la plus ferme la pédocriminalité. Une société qui reconnaît aux enfants victimes de ces abus leur statut de victimes et aux détraqués sexuels celui de détraqués.

J'essayais de comprendre comment la prescription avait un jour été décidée. Par quelles corrélations mentales. Je décortiquais les trois principes majeurs sur lesquels elle reposait : la paix sociale, le pardon légal et la proportionnalité. Et aucun ne semblait tenir.

J'étais en mesure de penser qu'un abus sexuel était une effraction physique et psychique. Que c'était un crime qui ne donnait accès à aucune « paix sociale » pour la victime.

Concernant le « pardon légal », qui consiste à redonner une chance à un coupable en considérant que ce dernier, avec le temps, puisse changer, me semblait être un argument assez faible, voire lunaire, lorsqu'il s'agissait de viols sur enfants. Ce « temps », qui pouvait finalement se transformer en impunité, risquait, au contraire, d'encourager le crime.

Quant à la « proportionnalité » entre la gravité des faits et la durée de la poursuite, elle était à repenser mais du point de vue des victimes, puisque la durée des séquelles, pour ces dernières, c'est l'équivalent d'une vie (voir Annexes 3 et 4).

Enfin, se posait la question du risque de « dépérissement de la preuve » pour la qualité des procès. Pourtant, avec les avancées scientifiques, l'ADN par exemple, ainsi que la meilleure conservation des scellés, ou encore les progrès technologiques et leurs traces écrites, tels que les messageries ou les réseaux sociaux, le dépérissement méritait d'être repensé. Et plutôt qu'un dépérissement, il me semblait que c'était davantage le manque de preuves qui était à craindre. Pour les victimes. Peu d'enfants risquaient d'être en mesure d'en présenter 30 ans après leur agression.

Contrairement aux explications d'avocats que je lisais, avec le temps, les traces de ce type d'effraction ne s'effaçaient pas et ne disparaîtraient pas. Jamais. Même après une amnésie. C'était une vie qui était amputée. Privée de sa dignité. De sa substance. C'était une vie gâchée. Confisquée. Une âme vandalisée.

Et l'idée qui consisterait à penser que la prescription viendrait sanctionner la négligence de la société me semblait tout aussi erronée. Elle ne sanctionnait que la victime. Aux XVIIIe et XIXe siècles, les philosophes Cesare Beccaria et Jeremy Bentham comparaient d'ailleurs, dans leurs travaux respectifs, la prescription à une sorte de récompense en faveur de ceux qui ont « réussi » à échapper à la justice. Et se prononçaient tous les deux en faveur de l'imprescriptibilité.

Si à plein d'égards la prescription me paraissait être un fondement essentiel sur lequel repose la loi, elle me montrait également ses limites. Certains aspects semblaient d'une autre époque, à contre-courant, pour ne pas dire archaïques. Inscrite sous Napoléon dans le Code d'instruction criminelle de 1808, la prescription, au XXIe siècle, concernant les abus sexuels sur mineurs, c'était une ineptie. Avec toutes les informations et les études dont nous disposions aujourd'hui, les viols d'enfants étaient à considérer comme des crimes contre l'humain. Des crimes que l'on pourrait ranger dans la catégorie des crimes contre l'humanité. Les seuls qui demeurent imprescriptibles (voir Annexes 5 et 6).

Car tuer l'enfance, c'est tuer l'avenir. Violer un enfant, c'est bousiller l'adulte qu'il aurait pu devenir. C'est briser son âme et la laisser sur le bord de la route. Et à grande échelle, c'est une arme de destruction massive. C'est saccager des générations entières. C'est corrompre le futur. Et selon de nombreuses études en criminalité que je parcourais en creusant le sujet, j'apprenais que les bourreaux étaient, eux-mêmes, souvent d'abord passés par la case victime. Souvent abusés, violentés, battus. Avant d'abuser, violenter, battre. À leur tour. Comme dans une machine infernale. Un engrenage où les êtres humains ne seraient finalement que les victimes de leur inconscience et de leur innocence. Collective. Systémique. Noyés dans une auto-destruction de masses.

Je cherchais des contradicteurs et n'en trouvais guère. Malgré tout, la situation semblait bloquée, vouée à stagner dans la boue. Comme si la société baignait dans un tabou que personne ne voulait lever pour des raisons opaques.

Après des centaines d'heures de recherches et lectures je découvrais, le sang glacé jusqu'à la moelle, les propos de Robert Badinter, ancien garde des Sceaux et symbole de l'abolition de la peine de mort. Dans un entretien donné à *RTL* en janvier 2021, à la possibilité de rendre l'inceste un crime contre l'humanité, il répondait : « Vous ne pouvez pas comparer ça à Auschwitz, vous offensez la mémoire des morts par millions : hommes, femmes, enfants. » *Ça*, je ne l'ai pas compris. Je ne le comprends toujours pas. Et je ne le comprendrai sans doute jamais. Ni le rapport entre les deux, ni l'intérêt de comparer l'incomparable. Encore moins l'argument avancé puisqu'il n'en était pas un.

Ce que je comprenais, parce que je l'avais vécu dans ma chair, c'est que les personnes, aussi érudites soient-elles, se prononçant sur ce sujet lorsqu'elles en ignorent la substance adoptent majoritairement une position en décalage avec le réel. Et je déplorais qu'elles soient souvent, de surcroît, celles qui légifèrent. Cela me permettait alors de mieux comprendre la confusion entre les lois et les faits, entre la sanction et le pardon.

Le sommet de l'absurdité m'était révélé en écoutant la fin de l'interview lorsque j'apprenais qu'Olivier Duhamel, aujourd'hui accusé d'inceste par Camille Kouchner, fut un temps conseiller au Conseil constitutionnel. Il peut donc y avoir des personnes, dont on ignore les dérives, les maladies mentales et la perversité, qui se trouvent au plus près des « sages », installées aux premières loges dans l'examen des lois qui font notre société. Ça me retournait le bide. Pourtant j'essayais de voir ces récentes révélations comme un début de sortie d'une longue période d'impunité.

Créer le principe de prescription dans le cadre d'un abus sexuel sur mineur, et surtout, décider qu'il perdure, c'est une affaire de mental. D'interprétation. De morale mal placée. D'ignorance. C'est un concept. Une esquive. Un alinéa de plus dans le Code pénal. Des mots sophistiqués sur du papier. Rien d'autre. Pour le corps, pour l'âme, il me paraissait évident que la prescription ne pouvait pas exister. Et dans le cas de l'amnésie traumatique c'était la double peine puisque la prescription tendait alors à commettre un second crime : ne pas reconnaître le premier. Et plutôt que d'oublier, ou pire, de me donner l'illusion que l'oubli serait possible, je suppliais mon âme de se déployer au-delà des garde-fous de la société, au-delà d'une prescription de fête foraine, glissante ou en cascade, et de transformer l'horreur en quelque chose qui l'élèverait et lui donnerait accès à sa grandeur. Celle qu'elle était sans doute venue chercher en s'incarnant ici-bas.

Plus j'y réfléchissais, plus je trouvais étonnant qu'une société puisse valider la prescription, quel que soit son délai, alors qu'en parallèle, comme enroulée dans la schizophrénie, elle immortalisait sans cesse le passé. À travers les nouvelles technologies, l'intelligence artificielle, le transhumanisme, et tant d'autres outils visant à digitaliser la vie et la conscience, promettant de les rendre éternelles. Sur les réseaux sociaux, il était devenu naturel que chacun puisse exposer sa malle de souvenirs sur la toile. Exhiber son coffre-fort, son intime. Son banal quotidien. Créer ses souvenirs au fil de publications virtuelles. Comme si l'ère numérique permettait de digitaliser les souvenirs sans qu'ils n'aient l'inconvénient d'encombrer la matière.

Les smartphones, greffés à nos poignets, pouvant tout consigner. Tout prendre en photo, sans arrêt. Ils permettent de se filmer en train de vivre, de manger, de respirer. Obsessionnellement. De regarder la vie défiler derrière un écran. Et pouvoir ainsi jeter un œil au présent qu'on a enregistré, plus tard. Lorsqu'on n'aura plus aucun réel instantané à filmer. Pour continuer de rater l'instant qui se déroule présentement. On le dématérialise et on l'archive dans des espaces de stockage. On consulte le passé en permanence, en prenant constamment soin de tourner le dos à ce qui se passe maintenant. Quitte à le modifier. On pose des filtres, on change les lumières, les contrastes, et on enregistre. Tout. On fait des sauvegardes. Comme pour immortaliser l'éphémère. Comme si on pouvait justement l'empêcher d'être éphémère. Comme si les gigas de mémoire d'un *cloud* nous permettraient de ne jamais disparaître. Lorsque j'observais des athlètes participant aux Jeux Olympiques se filmer eux aussi en train de défiler lors de la cérémonie d'ouverture, je me demandais si les images subjectives avaient plus de valeur que celles retransmises par l'immense dispositif de caméras. Si le selfie valait mieux qu'une photo. Je me demandais, finalement, à qui s'adressent toutes ces archives pixélisées et retouchées de nos vies ? Et je m'interrogeais : avec toutes ces images, ces notes que l'humanité accumule au fil des siècles, tous les récits qui traversent les époques, les livres d'histoire(s), tout ce passé que les générations se transmettent les unes aux autres, sans tout cela, qui serions-nous ? Ou plutôt, en serions-nous là ? Et surtout, comment une loi pouvait décider à elle seule, et pour des centaines de milliers de personnes, que la prescription c'était 30 ans plutôt que 50, ou 500 000 ans ?

Enfin, il y a une question qui venait tambouriner dans ma tête sans le moindre répit. Peut-être la seule question qui vaille. Et elle tapait comme un pivert sur les parois de ma boîte crânienne : en quoi la prescription était-elle pensée dans l'intérêt des mineurs victimes d'abus sexuel ?

Si le mouvement #MeToo avait permis, un temps, de libérer la parole, je voyais soudain qu'il commençait à s'épuiser. Je finissais par redouter que la quantité de témoignages qui en avait découlé, tous les jours et dans toutes les catégories socio-professionnelles, pouvait, *in fine*, déclencher un effet pernicieux. À force d'apprendre dans les médias et ailleurs qu'autant de personnes avaient subi de telles violences, j'imaginais que nous pourrions finir par nous habituer. Ou, *a minima*, sortir de l'état de choc. Ne plus ressentir la même sidération. Et je voyais un danger clairement se dessiner : banaliser le mal. Je sentais mon corps trembler et s'enflammer. Me demander de réagir avant qu'il ne soit trop tard. Je sentais mon âme crier qu'elle voulait abolir cette ineptie qu'est la prescription dans le cadre précis des abus sexuels sur mineurs. Et ça n'était pas parce qu'elle avait elle-même été violée, c'était parce qu'elle ne supportait pas l'idée que cela puisse encore arriver, à d'autres. À d'autres enfants.

Avec l'autographe du docteur L. dans mon carnet de santé – la dédicace d'un médecin capable de sauver des vies et d'en bousiller d'autres – j'avais maintenant la pièce qui manquait à mon puzzle. Il ne s'agissait pas de la dernière pièce du puzzle, mais de la pièce centrale. La pièce qui rendait la prescription caduque, selon ma propre loi. Pendant quelque temps encore, lorsque j'allais me réveiller le matin, des larmes allaient couler sur mon visage… Et puis quelques heures après, le soulagement allait pouvoir réapparaître. Jusqu'au jour où aucun sommeil ne pourrait me préserver de l'oubli. Jusqu'au moment où ce souvenir ne pourrait plus m'empêcher de dormir.

J'avais traîné ma douleur pendant trente ans. Trente ans d'émotions en détention. Trente ans entre la vie et la mort, comme un poisson rouge qui s'agite au sol et agonise. C'était long trente ans, quand on n'en a même pas quarante. Trente ans d'amnésie, mais pas une seconde d'omission. Trente ans bientôt prescrits. Selon une loi de l'oubli.

8

J'ai entendu les klaxons dehors. Et une sirène d'ambulance qui ne s'éloignait jamais. Je me suis approchée de la fenêtre. Les embouteillages me signifiaient que nous étions lundi. Et que, par conséquent, j'avais été hors du temps depuis trois jours. Quatre même. Ou plutôt six ! De toute évidence nous étions mercredi puisque c'était écrit sur l'écran de mon téléphone. Aussitôt, une échéance est venue me challenger et télescoper la dimension dans laquelle je survivais. Je devais présenter une chronique à *Europe 1* le lendemain.

Je m'en sentais incapable. Incapable de monter dans la voiture, de la conduire jusqu'à la radio, de me garer, de rentrer dans l'enceinte, de biper mon badge, de rejoindre le studio et de présenter une chronique feel-good. C'était inenvisageable. Absurde. Insensé. J'étais bloquée, physiquement et intellectuellement. Piégée entre un passé paralysant et une perspective d'avenir qui me tétanisait. Mon sommeil, mes souvenirs, ma pensée, mon réel, tout se confondait et m'empêchait.

J'ai déverrouillé le téléphone, étonnée que mon empreinte digitale fonctionne encore après tout ça, et j'ai ouvert la messagerie pour rédiger un mail d'excuses et d'absence à la directrice des programmes. Et très vite, après « Bonjour, j'espère que tu vas bien », j'étais coincée.

Une sagesse m'autorisait à demander quelques semaines de repos. Une autre sagesse, beaucoup plus raisonnable, me rappelait que ça ne serait pas un repos, mais un arrêt de mort. J'allais perdre un lien essentiel avec le monde et limiter davantage les chances d'un jour m'en sortir. Je n'étais pas salariée, les places étaient chères, et sans excuse valable, je serais rapidement remplacée. Et en dehors de la vérité, je ne trouvais aucune raison qui justifierait mon absence. Cette absence, si je me l'autorisais, risquait d'en légitimer un tas d'autres. Mais je devais me rendre à l'évidence, je ne pouvais pas aller à la radio, c'était bien au-delà de mes capacités.

Je regardais l'écran du téléphone et les barres du réseau 4G censées me maintenir en lien avec les autres bipèdes de l'univers, pourtant, j'étais déconnectée de toute communication. J'étais bloquée devant le clavier. Azerty, c'était du chinois. Les lettres me toisaient. Elles auraient pu former une multitude de mots, de sens, mais aucune phrase ne se construisait. Devant cette pensée vide, la problématique est venue se matérialiser en une phrase claire : le mutisme. J'étais incapable de parler. À qui que ce soit. Je ne savais pas à qui le dire. Ni comment le dire. C'était impossible de prononcer les mots. Le mot. De le dire à voix haute. Il fallait déjà qu'un jour je puisse me l'expliquer à moi-même avant de pouvoir éventuellement le raconter à quelqu'un d'autre. J'ai senti que le silence s'épaississait, il avait l'air de se dresser tout autour de moi à l'aide de murs en verre épais et insonorisés.

Depuis la fenêtre, je regardais les gens dehors. Les contrastes de rythme chez les individus que j'apercevais me confirmaient que la vie continuait. Certains, le pas rapide, pour rejoindre un meeting, leur bureau ou sauter dans un bus. D'autres, équipés d'enfants au bout des bras, se dépêchaient pour l'école. Un vieux monsieur tenait un chien au bout d'une laisse, sans avancer. L'animal grattait comme un hystérique le peu de terre sous ses pattes pendant que son maître, le nez en l'air, semblait se délecter de toute cette agitation matinale qui le stimulait. Quelques joggers, tout droit sortis d'un catalogue de chez Decathlon, courraient équipés d'un matériel nouvelle génération. Trois d'entre eux bidouillaient leurs montres connectées qu'ils tenaient droit devant eux, comme un tableau de bord, sans ralentir leur allure. Ils ne transpiraient pas, surfaient sur le bitume. Slalomaient entre piétons et poubelles comme des gazelles, au point que leur dynamisme et agilité m'épuisaient, même à distance.

Et alors que la société reprenait son souffle après le vague répit de la nuit, quel que soit le rythme des personnes que j'observais, toutes me confortaient dans mon incapacité à interagir. Tous les mouvements de la vie des autres me figeaient dans l'inertie de la mienne. Et je m'y enfonçais, consciente que le problème n'était finalement pas d'aller ou non à *Europe 1*, le problème était que je ne pouvais plus sortir de chez moi.

Je me suis rallongée sur le canapé, le téléphone entre les mains, démobilisée. Un monde sans issue, sans verbe et sans parole s'était érigé autour de ma pensée. Après 30 ans de silence, et malgré ces trente ans de silence, il m'était impossible de trouver des mots. La parole sclérosée. Le verbe inexistant. Je visualisais le socle du mur de silence autour de moi. Je le devinais extrêmement solide car les fondations étaient constituées de deux matériaux coriaces et inoxydables. C'étaient la honte et la culpabilité. Honte d'avoir vécu cette agression qui me rendait impure et vulnérable. Honte de ne pas avoir su faire autrement. Honte d'avoir oublié. Et surtout, et c'était cette part de honte qui devenait la plus compliquée à conjurer, honte de sentir en moi une part de responsabilité. Je restais persuadée, dans ma chair, mon corps, mon plus for intérieur, que j'avais participé à cela.

J'ai allumé l'ordinateur pour aller dans l'espace le plus déshumanisé de monde mais le plus réconfortant : Internet. Je regardais le curseur clignoter dans le moteur de recherche. Il m'hypnotisait plus qu'il ne m'inspirait. Et j'avais l'impression qu'il allait de plus en plus vite, comme s'il s'impatientait.

J'ai fini par taper deux mots : oublier viol. Je relisais ces termes comme pour les apprivoiser. Les comprendre. Les associer. Je pensais, *on peut oublier d'acheter du pain, oublier un rendez-vous chez le coiffeur, oublier d'éteindre la lumière, on peut éventuellement oublier un enfant sur un parking, mais oublier un viol*. La vie n'en finirait donc jamais de me surprendre.

J'ai appuyé sur la touche « Enter » et des articles à perte de vue ont inondé les pages. Mon inadéquation avec le monde ne faisait pas de moi un cas isolé. Je me suis mise à tout lire, à toute vitesse. Des études scientifiques, des rapports médicaux, des interviews de psychiatres.

Je forçais mes yeux à s'habituer à lire le mot, jusqu'à l'épuisement. Comme dans la célèbre scène de torture du film *Orange mécanique*, j'imposais à ma rétine le réel sans que mes paupières ne puissent se refermer. Je contraignais mon âme à s'identifier à ce qui était exposé devant mes yeux. Ainsi, toujours sans pouvoir m'aventurer à le prononcer, le mot résonnait dans ma tête de plus en plus fort. Dans une démarche similaire à une lobotomie, je laissais le mot frapper les parois de mon crâne de manière répétitive pour accélérer la familiarisation. Viol, viol, viol, viol. Ce mot, qui avait été jusqu'à présent la propriété de la vie d'autres personnes, venait désormais se juxtaposer à la mienne. Il venait s'incruster dans mon ADN jusqu'à le modifier.

Dans cette violence, je ressentais quelques similitudes avec l'état dans lequel je m'étais retrouvée après la mort brutale de mon père. À l'époque, j'avais été obligée de me répéter le terme « mort » pour me faire à l'idée. Mort, mort, il est mort. Je me le répétais pour me détourner du déni qui venait me tenter. Pour dépasser l'état de sidération qui me paralysait.

Désormais c'est à ce souvenir que je m'accrochais, puisque c'était une zone d'inconfort qui me paraissait similaire. La sensation d'être propulsée dans une dimension parallèle et de me retrouver nue devant la souffrance, entièrement exposée à une nouvelle vérité. Sans armes, sans repères. Et devoir instantanément changer de regard sur le monde et sur qui l'on est. Pourtant, ça n'avait rien à voir. La mort, même prématurée, reste dans l'ordre des choses. La mort fait partie de la nature même de la vie. Elle ne s'y oppose pas. Le viol, s'y oppose. Il pervertit la vie, la rend insupportable, abjecte. Le viol, je n'avais pas le logiciel pour l'intégrer. Pour le comprendre, le digérer. C'était trop glauque. Trop triste, trop moche, trop dégoûtant, trop inconcevable, trop pervers, trop pour moi, trop tout. Trop pété de la tête pour que je parvienne à envisager l'idée. La vie me demandait d'accepter l'inacceptable. Et j'avais peur d'y laisser ma santé mentale. Je ne parvenais pas à m'associer à ces quatre lettres, j'avais l'impression qu'on pervertissait mon âme et qu'on me souillait davantage. Qu'il n'y avait plus aucune alternative pure. Alors mes yeux continuaient de lire le mot. Viol, viol, viol.

Le viol c'était pour les journaux télé, les faits divers, les magazines. C'étaient des problèmes appartenant à un autre monde que le mien. C'était le problème d'un enfant sur cinq, je voulais continuer de faire partie des quatre autres. Quelques années après l'arrivée de #MeToo, c'était le sens opposé qui stagnait dans ma tête et résistait. Naïvement je pensais, mais non, pas moi.

Alors que le mot me faisait vomir et, telle une bombe lacrymogène il remplissait mes yeux de larmes dès qu'ils songeaient à sécher, au fil des lectures, je parvenais à comprendre ce qui s'était passé. À déceler le mécanisme de défense dans lequel je m'étais retrouvée. Et à ne pas trop m'en vouloir. J'ai pu mettre un terme médical à cette distorsion. Le phénomène était d'ailleurs d'une simplicité infantile. Lorsqu'un événement était trop violent ou extrême pour un individu, et qu'il pouvait représenter un danger vital, alors le cerveau se mettait en veille, il faisait disjoncter le circuit émotionnel et la mémoire. Tout naturellement. Le mécanisme de résilience était dépassé, altéré. Un processus appelé l'amnésie traumatique. Un court-circuit du système cérébral. Quant aux faits vécus, ils restaient en mémoire dans l'amygdale cérébrale, une partie non consciente qui gère notre état émotionnel.

J'apprenais que parfois l'amnésie pouvait durer quelques heures, d'autres fois des mois ou des années, et fréquemment, une vie entière. Dans mon malheur, je bousculais ma raison afin de reconnaître ma chance, ce n'était « que » 30 ans. Certaines personnes traînaient leur oubli jusque dans la tombe, et le laissaient en héritage à leur descendance, dans une autre dimension qui semblait tout aussi redoutable, la mémoire transgénérationnelle.

L'événement pouvait alors se reproduire, à l'infini, sur les générations futures. Et pour abolir le cycle infernal, seul un événement était possible. Une violente prise de conscience, un viol.

Enfin, je lisais que de nombreuses personnes ne se relevaient jamais d'une amnésie traumatique. Face aux révélations, elles ne supportaient pas leur « nouvelle vie » au point de mettre fin à leurs jours. Et c'est sans aucun doute cette information qui m'a fait l'effet d'un détonateur. J'ai pensé, le docteur L. ne me tuera pas deux fois.

Les heures défilaient, le soleil commençait à se coucher. Il fallait que j'écrive mon mail à *Europe 1*. Je devais au moins être en mesure d'éviter un faux-bond de dernière minute. Pourtant, j'étais tellement écrasée par la situation que je me résignais à accepter l'idée que, peut-être, je n'allais tout simplement pas me présenter. Sans explications. Je ne donnerai plus jamais de nouvelles. Et alors que j'avais été une chroniqueuse facilement remplaçable, mon absence deviendrait soudain pesante, et impardonnable.

J'ai soudain pensé à la kinésiologue, comme à un dernier jeton sur une table de casino. Il n'y avait qu'elle à qui je pouvais parler. Essayer du moins. Ou plutôt, il n'y avait qu'elle qui pourrait éventuellement me donner une lecture moins tragique et plus éclairée de l'événement. J'ai cherché son numéro dans mon répertoire. Et je l'ai appelée.

J'ai eu la chance qu'elle décroche. J'ai balbutié quelques mots, puis le long blanc que mon silence créait dans le combiné devenait tellement insupportable que j'ai fini par m'exprimer à l'aide de formulations parallèles. J'expliquais sans dire. Sans utiliser le mot. Je parlais d'attouchements. D'intimité. De dérapage. De gestes déplacés. Sans pouvoir prononcer les quatre lettres. Et je ponctuais ce charabia par des pleurs.

La kinésiologue a fait preuve d'une clairvoyance hors du commun. Sans mots, sans précisions, elle savait. Elle m'a donné sa douceur, sa compassion. Et m'invitait au détachement. Elle a dit : « C'est fini, c'est passé, c'est loin, c'est tout petit par rapport à ce que vous êtes venue expérimenter sur Terre. Si le souvenir revient maintenant, c'est que vous êtes en mesure de le surmonter. Faites confiance à la vie. Elle sait ce qu'elle fait. Laissez-la agir, ne résistez pas. Laissez-la vous guider. Elle ne se trompe jamais. »

Et miraculeusement, le détachement a opéré quelques minutes plus tard, lorsque la kinésiologue s'est mise à faire des liens lunaires entre « la malle, le mal et le mâle ». J'ai cru que j'étais maintenant l'héroïne d'un livre de Paolo Coelho, où la vie ne serait que signes, indices et anagrammes, et j'ai senti un rire croître au fond de moi. Tout ça devenait totalement idiot. J'ai entendu mon âme s'esclaffer, comme si ma filiation avec l'ironie revenait me saluer. J'ai cru que je l'avais perdue, et ça avait été sans aucun doute ça le plus douloureux. Que tout devienne définitivement lourd, grave et ennuyeux. Mais l'ironie était là, au garde-à-vous, la main droite collée à la tempe, le pied levé, comme une survivante de l'apocalypse.

Je regardais ce petit soldat, toujours prêt à dégainer matière à sourire, et je tâchais de laisser le soulagement prendre davantage de place en moi. Et je faisais un constat étrange mais libérateur. Révélateur d'une ironie toujours plus aiguisée. Je me disais, alors que pendant des années j'avais eu la fâcheuse tendance à me victimiser, maintenant que j'étais réellement une victime, je refusais catégoriquement de l'être.

Et alors que je décidai de faire confiance à ce retournement de situation que m'offrait la vie, elle qui m'avait pourtant malmenée sans relâche, autre chose est venu pointer son nez. Comme si mon destin avait réellement décidé de m'achever. Parmi de nombreux symptômes étranges que je ressentais depuis quelques jours au niveau de mon sexe, des brûlures, des picotements, des crampes, des contractions, des douleurs menstruelles, au milieu de toutes ces manifestations post-traumatiques, il y en a eu une nouvelle. J'ai reconnu une sensation insupportable. Un truc que j'aurais aimé dégommer et abolir pour l'éternité. Quelque chose qui n'avait aucunement sa place, mais qui était là. C'était le plaisir.

9

Je m'agrippais aux murs de l'ascenseur. Puis à tout ce qui faisait office de décor. Une vitre, une rambarde, une fontaine à eau. On aurait dit une dingue qui célébrait sa première sortie d'internement en hôpital psychiatrique, je devais faire peine à voir. Mais ça ne semblait choquer personne. Les audiences étaient tombées, elles n'étaient pas bonnes et pour mon plus grand plaisir, elles monopolisaient l'attention. Pour autant, le score était louable pour l'émission dans laquelle je travaillais. Il était même très encourageant. Je me disais, le monde va encore plus mal que je ne le pensais.

Je traversais les longs couloirs d'*Europe 1*, les pieds sur des sables mouvants. Tout semblait se désagréger lors de mon passage, pour m'absorber ailleurs. J'étais à l'affût de toutes mes sensations, de mes appuis. Je redoutais de me faire engloutir à tout moment. J'ignorais par quel miracle mon corps avait réussi à se déplacer jusque-là et comment ma voix pouvait se préparer à prendre la parole dans un micro. Je sentais mes cordes vocales se durcir, alors que je n'avais jamais eu conscience de leur existence. Tout était de l'ordre de l'incompréhensible, de l'innommable, de l'abstrait, et alors que le studio n'était plus qu'à quelques mètres de mes pieds, la mission semblait d'une telle ampleur, que je ne pouvais baisser la garde.

Je détectais des journalistes courir autour de mon enveloppe énergétique. Je sentais l'agitation, le mouvement des papiers crachés par les imprimantes qui venaient d'y jeter leur encre, la vitesse des doigts qui tapaient sur les claviers, les poubelles se remplir et déborder sous mes yeux.

Les équipes ne se démobilisaient pas, chacune tenait son cap. J'avançais dans le couloir, telle une personne âgée. Je luttais avec le poids de la gravité et portais sur mon dos les séquelles des années. Les stigmates du vécu. Tout était douloureux, raide, fébrile. Seul un tuteur chétif semblait tenir l'ensemble. J'avais mal aux muscles, le dos crispé, la nuque tendue, le vagin irrité. J'avais envie de l'arracher. Des images repassaient en boucle dans ma tête comme pour ne plus laisser aucune possibilité à l'oubli. Au milieu de mes douleurs physiques, et habitée par une nausée qui semblait devenir une composante ordinaire de mon nouvel état, le souvenir continuait d'appuyer sur le bouton du plaisir. Je ne pouvais rien y faire. J'avais l'impression de marcher, un doigt sur le clitoris, l'organe sans arrêt stimulé. Le corps n'avait donc aucune morale. Il avait sa propre lecture. Cette fois, j'ai pensé que j'étais irréversiblement devenue folle.

Lors de ma longue traversée du couloir, je saluais discrètement les quelques personnes que je croisais. Je n'avais jamais autant apprécié le port du masque chirurgical qui me donnait l'illusion de me préserver, en partie. Malgré tout, je me demandais comment était-ce possible que personne ne voyait rien. Mes yeux devaient me trahir. Mon corps. Mon odeur. Comment était-ce possible que je me retrouve si lourde, si grave et pourtant, si insignifiante ?

Lorsque je suis arrivée en régie, j'ai dit bonjour en moins d'une syllabe et je me suis installée au fond de la pièce, sur un tabouret collé contre le mur. Il me donnait l'illusion de me maintenir assez droite. D'offrir un court répit à mon dos voûté et mes lombaires décaties. Alors que mon corps continuait de me signaler sa douleur et de se ranimer par des soubresauts de plaisir, je repensais aux déclarations de Brigitte Lahaie, lorsqu'elle avait balancé publiquement que l'on pouvait jouir d'un viol. C'était en plein cœur du débat sur « la liberté d'importuner » lancé par la tribune signée par Catherine Deneuve.

Cette affirmation m'avait dérangée, sans doute parce que je ne pouvais ni la comprendre, ni me positionner.

Désormais, je pouvais affirmer que la formulation était définitivement erronée, pernicieuse et provocatrice. Car il n'était pas question de jouissance. Aucunement. Le terme était inapproprié. Ici, il était question de torture. Malgré la pression mentale et morale, le corps, lui, parvenait, au milieu d'un champ de bataille, de douleurs et de souffrances, à ressentir simultanément ce qui s'apparenterait à du plaisir. Un plaisir mécanique qui montrait ostensiblement les limites de son bon fonctionnement. De la même manière qu'une multitude de boutons sur la console répondaient aux commandes des doigts du réalisateur assis devant moi en régie, mon corps, telle une machine sophistiquée, corrélait bêtement les messages qu'on lui envoyait.

Et c'était là toute la perversité de mon amnésie. Elle déclenchait des sensations organiques paradoxales, insupportables, incohérentes, contradictoires et incompatibles. Et dans un mélange de dégoût et de rejet, il y avait aussi ce satané plaisir. Et c'était tout sauf un orgasme.

Sans parvenir à faire taire mon corps, je jetais un œil au mur d'écrans en face de moi. Tous diffusaient l'actualité des différentes chaînes d'info, en non-stop, en simultané. Je voyais les journalistes sur les plateaux télé, les éditorialistes, les brèves, tous défilaient sur l'écran à la vitesse de voitures sur une autoroute. Tous soumis à l'urgence incessante. Restait à définir laquelle. Le mot « direct » bien en évidence, en haut à gauche de tous les écrans, signalait une temporalité vampirisante. Les bandeaux relataient un maximum de faits avec un minimum de mots. La dimension aguicheuse que prenait le moindre commentaire soudain m'écœurait. Des encarts rouge vif, jaune fluo, des alertes info dans une typographie qui espérait déborder des écrans.

Je regardais cette agitation autour de l'actualité qui pensait regorger de consistance, alors qu'elle était semblable à celle de la veille et proche de celle du lendemain. Tout paraissait dérisoire. Je voyais brusquement la diversion dans laquelle je m'étais perdue pendant tant d'années. À force de m'intéresser à tout ce qui se passait dans le reste du monde, et de combler mon vide existentiel par des flash info incessants, des images, des chiffres, des statistiques, je ne pouvais que constater et déplorer ma dispersion dans les événements. Ça n'avait été qu'une passerelle pour m'éloigner de moi. De la vie. En réalité, toute l'attention de la société tournait autour de ce qui se passait ailleurs, ou en dehors de notre portée, dans une distraction permanente qui nous renvoyait sans répit à notre impuissance et à la vacuité de notre existence. Ainsi qu'à la culpabilité d'y être confrontés. Je me demandais si nos ancêtres du Moyen Âge n'étaient finalement pas plus heureux. Plus en vie. Nos ancêtres d'avant-hier également, ceux du XXe siècle. Ils ne connaissaient que les misères qui les impactaient directement et ignoraient celle du reste du globe. Et ce n'est pas qu'ils n'en auraient rien eu à faire, c'est simplement qu'ils n'auraient rien pu y faire. Comme nous. À la seule différence qu'eux, ils n'en avaient pas souffert.

À 11 h 50, je me suis dirigée vers le studio, résignée à n'être responsable que de mon propre état. Alerte à ma propre actualité. J'avais mal partout, mais j'étais péniblement présente.

J'ai dit bonjour aux animatrices, ma voix résonnait étrangement. En fait, elle n'avait aucun écho. Je me suis assise, j'ai bu un peu d'eau. J'ai réglé mon casque. Et j'ai relu les premières lignes de ma chronique, avec la vive appréhension d'avoir à quitter le studio à tout moment.

Je fixais les petites cloisons de séparation en plexiglas disposées entre les chroniqueurs comme des obstacles à franchir. Ces parois apparaissaient et disparaissaient des studios, en fonction du taux d'incidence du Covid. Je ne comprenais pas bien leur utilité, si ce n'est soudain une métaphore de mon mur de silence. Et je constatais qu'il avait désépaissi. J'ai posé au sol le morceau de plastique qui se trouvait devant moi.

Puis lorsque l'animatrice m'a introduite et que j'ai entendu le sujet de ma chronique sortir de sa bouche, j'ai eu l'impression de le découvrir. Prise de court, j'ai souri. Ce n'était pas un sourire artificiel pour donner une meilleure vibration à ma voix, c'était un sourire spontané face à l'inaltérable ironie de la vie. Mon sujet se situait quelque part entre conscience et inconscience, et cette fois, c'était sciemment que j'allais l'affronter.

J'avais pourtant choisi et écrit mon sujet deux semaines auparavant, dans cette époque déjà si lointaine où je n'avais encore rien de concret à quoi rattacher mes troubles existentiels. À quelques jours d'intervalle, le sujet offrait soudain un tout autre écho à mon contexte. La *Booty Therapy*. En français, la thérapie par les fesses. Un mélange de danses afro-urbaines qui consistait à bouger ses fesses pour se libérer des injonctions sexistes. Une danse de règlement de comptes où le corps se purgeait de ses traumas.

Un collectif de féministes avait récemment organisé un flashmob, sur la place de la République à Paris. Elles avaient agité leurs fesses dans des positions provocantes, parfois à quatre pattes, pour revendiquer leurs droits. Ces déhanchements de bassins avaient déclenché une polémique, notamment entre féministes. La mobilisation avait été discréditée par des éditorialistes et étonnamment, par d'autres femmes, engagées, comme Sophia Aram dans un billet sur *France Inter*. Il semblait pourtant judicieux qu'en fonction de l'époque on puisse modifier la nature des revendications. De la même manière que mettre un pantalon avait été un acte contestataire quelques décennies plus tôt, peut-être qu'aujourd'hui remettre une jupe le devenait. Et pourquoi pas twerker. Une occasion de montrer qu'à *Europe 1*, pour une fois, on pouvait finalement être moins conservateur que ne l'était *France Inter*, du moins sur ce sujet.

J'entendais ma voix dans le retour de casque affirmer que la *Booty Therapy* n'avait rien de sexuel. Ces danses africaines étaient, à l'origine, des danses sacrées, des danses de transe. L'une d'elles avait d'ailleurs vocation à contacter la déesse de la fertilité. La jeune femme chorégraphe à l'origine du mouvement était africaine, victime d'excision, de viols et de violences en tous genres. En lui donnant la parole, il s'agissait d'expliquer que la vulgarité n'était pas dans un corps libre de ses mouvements, même à quatre pattes et le cul à l'air exposé à la perversité du monde, mais que l'indécence se trouvait plutôt dans le regard qu'on posait dessus. Tout en déroulant la chronique, je m'étonnais simultanément du nouvel écho que je trouvais dans mon travail. Grâce à des chroniques feel-good que j'avais méprisées, je n'avais pas là le sentiment d'alléger la gravité, mais de la dénoncer.

Quelques jours plus tôt, lorsque j'avais interviewé la chorégraphe, je m'étais associée à son combat de façon ordinaire, au nom de toutes les injustices qu'expérimente la plupart des femmes, et dont je faisais banalement partie. Des mains aux fesses, des propositions indécentes, des sifflements de clebs, du harcèlement et des humiliations du quotidien, des gestes déplacés, des regards libidineux, insistants, des compliments dégradants. Tout un tas de petites agressions tolérées depuis la nuit des temps et qui allaient dans le sens de ce que l'école nous avait appris en cours de grammaire : le masculin l'emporte sur le féminin.

Désormais, dans le déroulé de ma chronique, c'était une autre partie de moi qui s'exprimait. Une qui s'était toujours tue. Alors que je bafouillais, j'avais la bouche sèche, j'étais à côté du micro, j'avais chaud, je me suis trompée à plusieurs reprises dans le déroulement, ma voix n'était pas calibrée, souvent hésitante, j'étais mal assise, les jambes engourdies, pourtant, dans ce cafouillage de forme, je me sentais ressusciter des ténèbres.

J'avais une lecture parallèle du moment. Je me suis soudain rendu compte que j'incarnais le sujet dont je parlais. Je sentais de l'espace naître à l'intérieur et autour de moi. Ma voix décomprimait mon corps au fil de la prestation. Lorsque je faisais le récit du douloureux passé de la jeune chorégraphe, les mots viols, violences, qui jusqu'alors me peinaient mais restaient étrangers, cette fois je les portais dans ma chair. Je sentais mes cellules les épouser et se libérer. Elles avaient l'air de vouloir twerker. À travers le combat de la chorégraphe, c'était aussi de ma vie dont il s'agissait. Comme dans une union des luttes. C'était de ma souffrance dont je parlais. Et j'avais un micro pour le faire. Sans ironie, sans personnage, sans décalage. Sans humour. Sans cynisme. Au premier degré. Sans armes. Sans boucliers. Sans parasites dans ma tête. Et je pouvais me raccrocher à mon souffle, car cette fois, c'était du lourd. Pour la première fois, c'était de moi dont je parlais. Et à en croire les chiffres des audiences, j'en parlais à plusieurs centaines de milliers de personnes. Et c'était en direct.

J'étais à poil, totalement exposée, mais j'ai senti qu'il ne pouvait rien m'arriver, j'étais à l'abri. J'ai jeté un œil aux chroniqueurs autour de la table, au réalisateur dans sa cabine, et j'ai pensé que j'étais assez bien entourée. Je voyais chez eux une volonté sincère et noble d'accompagner les auditeurs dans les rouages du quotidien. En se donnant pour seul défi, de faire du bien.

Un nouveau chemin se dessinait devant moi. Et traçait une longue ligne. Une route droite et tordue. Plane et cabossée de paradoxes. Je la devinais encore longue et douloureuse, très courte et vraiment joyeuse. Je comprenais qu'elle serait dans l'alternance. Comme une simple succession de levers et de couchers de soleil. De pluie et de beau temps.

De marées hautes et de marées basses. J'étais pour l'abolition de la loi sur la prescription, mais d'une certaine manière j'espérais tout oublier.

J'avais raté ma chronique, pourtant, c'était la meilleure que j'avais vécue. Je me sentais professionnelle et amatrice à la fois. Saine et folle. Calme et énervée. Légère et écorchée. Franche et malhonnête. Féminine et masculine. Ombre et lumière. Douce et brutale. Ébranlée et soulagée. Violée et réparée.

Et j'acceptais soudain de me fréquenter, malgré cette prédisposition s'apparentant à de la schizophrénie. J'étais tout à la fois. « feel-good » et « bad vibes ». Plaisir et torture. Dépression et plénitude. Acceptation et résistance. Et ce viol, lui, venait m'offrir la fragilité nécessaire pour être forte. L'un sans l'autre était un leurre. Tout s'encastrait de manière indissociable. Le puzzle était entier. Il avait fallu un hold-up de mon âme, pour la délivrer.

J'ai senti ma conscience sortir du cadre que je lui avais défini et dans lequel mon personnage avait toujours trouvé refuge. Elle sortait de 30 ans de confinement, débordait de mon corps et attrapait l'espace au-delà de l'horizon. Elle enjambait les cloisons de plexiglas. Elle traversait la porte de sortie du studio. Elle était à Deauville, à Iguazú et place du Capitole. En 1991 et en 3704.

Traversée de dualités, de paradoxes, de positif et de négatif, de bien et de mal, je me sentais complète.

Parce qu'imparfaite. Parce qu'opposée. Parce que contradictoire. J'avais les qualités de mes défauts et inversement. Je repensais à la statue du Christ rédempteur, lui qui semblait rendre possible la concorde entre joie et pauvreté, désormais, ses bras ouvraient l'espace coincé sur l'infini.

Je n'avais plus peur de mourir puisque j'étais déjà morte une première fois. Ni de tomber puisque j'étais à terre, relevée. Je ne craignais plus d'avoir à me battre chaque jour pour vivre en paix. Je marchais au bord d'un précipice, sur la pointe des pieds, dans un éternel combat, mais debout. Vivante.

J'ai quitté le studio, l'espace que j'avais créé autour de moi emboîtait le pas. Ce n'était ni une consolation ni une réparation, je ne me souvenais pas avoir été un jour aussi heureuse. Peut-être la joie la plus consistante est celle que l'on trouve dans l'épreuve. Une joie contrariée. Inhérente à cette contrariété. Une joie fragile. Précaire. Et c'est peut-être parce qu'elle était le fruit de toutes ces dualités, qu'elle était si puissante. C'était peut-être aussi simple et complexe que cela. Et ça, en toutes circonstances, de ça, il allait falloir que je m'en souvienne.

10

J'ai regardé le calendrier sur le téléphone et j'ai vu le créneau du 15 décembre au 15 janvier s'offrir à moi comme un sas de reconstruction. Comme un CDD en dehors du monde et du temps. Comme une période où je pourrais laisser le téléphone de côté et me mettre en retrait. L'âme en exil. La radio allait diffuser des best-of pendant les fêtes et j'étais parvenue à ce que ma prochaine chronique soit autour de mi-janvier. Comme depuis des années, je n'avais pris d'engagements ni pour Noël, tant cette fête avait toujours eu chez moi un goût amer, ni pour le réveillon du Nouvel An. J'avais remarqué que, de toutes les façons, les sollicitations amicales se font toujours plus rares en cette période de l'année.

Personne ne m'attendait nulle part, j'allais pouvoir plonger dans chaque recoin de ma nouvelle vie sans avoir à composer avec des échéances qu'impose la vie en société. J'allais être comme ces personnes âgées qui vivent tellement isolées qu'elles peuvent mourir silencieusement dans leur appartement sans que l'on s'en aperçoive avant plusieurs jours. Sans déranger. Il n'y a que l'odeur de leur décomposition qui finira par indiquer que seule la mort ne les avait pas oubliées. Je m'étais créé cette parenthèse, en espérant qu'elle en soit une. Une petite mort sociale, provisoire, le temps de quelques semaines. Loin du bruit, des autres, des foules, de l'agitation, de la moindre sollicitation. Sans avoir à prévenir ni à inquiéter qui que ce soit. À l'écart de la magie de Noël, des sapins, des guirlandes que je voyais clignoter et scintiller près des fenêtres et dont les reflets semblaient se cogner contre les vitres, comme une métaphore de mes pensées qui frappaient sans arrêt les parois de mon crâne.

Le moment était crucial et délicat. Je devais rester vigilante. Ne pas sombrer. M'atteler à maintenir en moi cet éclair de joie que j'avais contracté pendant ma dernière chronique comme le nouveau curseur de mon existence. Pour cela je devais m'atteler, pendant un temps, à mettre de côté mes problématiques matérielles. J'étais incapable de tout affronter en même temps. Mes chroniques à *Europe 1* allaient bientôt n'être que bimensuelles et la possibilité de faire suffisamment d'heures pour reconquérir le statut intermittent s'éloignait. Le manque d'argent continuait à se faire cruellement sentir. Pourtant, l'urgence était ailleurs.

Chaque jour restait une épreuve. Que j'affrontais seule. Je n'aurais pas su faire autrement. Chaque matin, au réveil, je regardais la perspective d'une nouvelle journée comme une chaîne de montagnes à gravir. Un aller-retour dans l'espace sans oxygène ni combinaison. Un combat. Une lutte avec le vivant. Sortir du lit, un exploit. Manger une tartine, une victoire. Me laver et m'habiller pour rester un minimum présentable vis-à-vis de moi-même, un accomplissement. Et je savais que ça n'était que le début. Le début de longues semaines et mois pendant lesquels j'allais marcher sur un fil comme un funambule, à chercher l'équilibre à travers chacun de mes pas, aussi petits soient-ils. À me fixer des objectifs minuscules pour écarter de mon champ de vision la tentation de l'inertie. De longues semaines où j'allais devoir faire du chaos ma norme. De l'impensable ma raison.

De longues semaines à observer mon cerveau revisiter inlassablement le passé. Ressasser les événements, les lire, modifier la grille de lecture, les relire, les décortiquer, les comprendre, les détester, les accepter, les ignorer, les disséquer. Revisiter en détail 30 ans de vie et de déni. Vivre en boucle. Et tâcher d'accorder quelques secondes au présent qui allait continuer de se dérouler majoritairement en mon absence.

Les jours passaient. Dans une sorte de routine chaotique avec une dynamique ralentie. J'obtenais quelques accès très éphémères au soulagement et à l'apaisement auxquels je devais m'agripper. De temps à autre, j'aurais voulu décrocher le téléphone, appeler des amis et me livrer. Mais je n'y arrivais pas. Ça ne sortait pas. Ça restait sur le bord de mes lèvres, à picoter, à démanger, à ronger. Pourtant, il fallait que le poison sorte de moi. Ça devenait vital.

Résignée à ne pouvoir le dire, le cœur en larmes, j'ai décidé de l'écrire. J'ai écrit les faits dans mon calepin. Juste en dessous de la liste des objets de la malle, comme dans une continuité logique. Je notais rapidement quelques images, quelques détails. Je voulais m'assurer de ne pas les oublier, une seconde fois.

Puis j'ai dactylographié ces écrits. Au cas où je perdrais ce calepin, ou que quelqu'un passe un jour par là et le jette, par inadvertance. J'ai transféré les souvenirs sur l'ordinateur pour numériser ma mémoire. La rendre permanente. Elle avait beau être redoutablement efficace, je devais me méfier d'elle puisqu'elle était également capable d'amnésies. J'avais vécu une sorte d'Alzheimer inversé, je ne me sentais pas à l'abri de revivre le processus dans l'autre sens, bien plus courant.

Cette fois, j'écrivais avec le plus d'éléments possibles. Pour ne rien oublier. Pour empêcher ma mémoire d'occulter la moindre information, de biaiser le souvenir ou le déformer. Qu'elle ne puisse ni l'empirer ni l'adoucir.

J'ai écrit pour empêcher la prescription qui me guettait d'effacer mon histoire. Pour me prévenir de son couperet. J'ai écrit pour me sortir d'une surcharge mentale et évacuer toutes ces images qui m'encombraient. Et continuaient de me traumatiser. Mon cerveau avait tendance à les rejouer en permanence dans une volonté de ne plus jamais les perdre de vue. Les archiver précieusement devait me permettre de casser cette boucle infernale.

J'ai écrit pour ne raconter cette histoire qu'une seule fois. Pétrifiée par ce qu'avaient enduré les personnes qui avaient dû, dans le cadre d'un dépôt de plainte ou d'une procédure judiciaire, raconter les faits encore et encore. Contraintes de replonger dans l'effroyable, à l'infini.

J'ai écrit pour ne jamais avoir à le dire. Pour le raconter en silence mais le crier fort. Le hurler. J'ai écrit pour consigner ma souffrance, intacte, et m'en libérer.

C'était le seul moyen que j'avais trouvé pour cheminer dans cet espace complexe et inconnu qu'était devenue ma vie. Il n'existait pas de méthode pour s'en sortir, ni sur les blogs, ni les forums, ni dans les interviews de spécialistes que je pouvais lire. Tous conseillaient « d'en parler avec un professionnel ». Me rendre chez un psychologue restait hors de ma portée, comme ça l'avait toujours été. Même en pleine tornade, certaines choses peuvent briller par leur constance. Lors de certains pics de désespoir, à ne plus savoir comment réfléchir ni comment stopper mon mental de jacasser, j'ai songé aux urgences psychiatriques. Mais rien que le terme me terrorisait. Je craignais d'y mettre les pieds une première fois et qu'on m'y interne à jamais. J'appréhendais qu'on charcute ma cervelle, qu'on analyse mon état borderline, qu'on le juge trop grave, irrécupérable, et qu'on me bourre de médicaments. Mais surtout, je redoutais qu'on ne me croie pas. Qu'on mette mon récit sur le compte d'une folie ordinaire, d'une existence ratée qui avait simplement dérapé. Et que je me résigne à ne plus en parler, pour sauver les dernières miettes de ma dignité.

Le dire à l'écran vierge et silencieux de mon ordinateur, c'était ma méthode. Déposer l'horreur dans un carnet virtuel. Ranger l'intolérable quelque part, dans un coffre-fort indestructible puisque impalpable, et le sortir de ma tête. Pour avancer. Et au fil des mots couchés sur le papier, les parois de mon vivarium s'écartaient, les sanglots se dissipaient, ma tête avait l'air de s'alléger, et mon cœur peiné aussi. Un peu.

En parallèle, je restais à l'affût d'idées qui surgissaient d'ailleurs. Des propositions que mon instinct de survie me faisait. Aussi étranges soient-elles.

Par exemple, un matin, quelques jours avant le 25 décembre, comme guidée par une force supérieure, j'ai subitement décidé de reconstruire ma maison Playmobil que le Père Noël m'avait apportée 30 ans plus tôt. C'était le seul jouet qu'il me restait et qui avait été conservé à l'écart de la malle.

Ce n'était pas qu'un jouet, encore moins une simple maison Playmobil, c'était ma maison. La seule maison de famille que j'avais connue et dont il me restait les murs, rangés dans un carton depuis des décennies. Un refuge dans laquelle mon imaginaire s'était déployé pendant toute mon enfance, au point de m'y faire réellement habiter. Peu importe les déménagements, ce lieu de vie était le seul endroit à m'avoir toujours accueillie et vaguement stabilisée. Le seul logement dans lequel j'avais vécu plus de trois années consécutives.

J'ai ressorti tous les éléments et les ai assemblés. La tomette de la terrasse sur laquelle je courais, les pots de fleurs que j'avais arrosés, les escaliers sous lesquels je me cachais avec mes copains les figurines. Je connaissais par cœur chaque recoin de cette maison. Une fenêtre de la chambre parentale qui avait toujours mal fermé. Les lattes de parquet rayées sous le piano. La porte de la cuisine qui se bloquait à cause de la vieille gazinière coincée derrière.

À bientôt 40 ans je me retrouvais, genoux à terre, à dépoussiérer et remettre sur pied des bouts de plastique qui, dans mon cœur, avaient plus de poids que des fondations en ciment. Je reconstruisais cet écrin de souvenirs, les yeux ébahis, et redonnais à cette maison sa véritable dimension, toute autre que ses 40 centimètres de large, 60 de long et 50 de hauteur.

J'investissais ces lieux miniatures, enjouée, émue, tout en observant du coin de l'œil une sorte de menace qui avait décidé de vivre à mes côtés et avec laquelle je devais me battre à chaque instant. Si elle devait porter un nom, elle pourrait s'appeler la folie. Ça y ressemblait. Je la voyais depuis l'autre bout de la pièce me faire des clins d'œil et la danse du ventre. Alors je lui souriais en retour, comme pour la maintenir à distance. La maîtriser. Sans pour autant me sentir totalement à l'abri.

Je me suis également surprise à accrocher une photo de moi enfant, au-dessus de l'évier de la cuisine. Alors que je n'expose aucune photo, ni de moi ni de personne. Je n'aime pas que le présent soit sans cesse parasité par des images du passé, même joyeuses. À vivre constamment un œil dans le rétroviseur, un pied dans ce qui n'est plus, comme dans un mouvement contraire à la nature même de la vie. J'ai trouvé l'idée bizarre lorsqu'elle a surgi de nulle part, mais je l'ai exécutée, sans chercher à comprendre. Sans trop juger. Et je me suis retrouvée plantée devant l'évier pendant des heures, happée par la photo, sans pouvoir détacher mon regard de cette fillette et son lapin en peluche sous le bras. J'ai pleuré, de façon explosive et sans pouvoir m'arrêter. C'était comme un nettoyage au Kärcher du plus profond de mon âme.

J'aurais du mal à expliquer le processus qui se déroulait à l'intérieur de moi mais il devait s'agir d'une sorte de réconciliation. De retrouvailles. Je n'avais aucun problème à me mépriser, me juger, me malmener, mais lorsque je regardais cette enfant, il m'était difficile de comprendre tant de maltraitance. Cette enfant, c'était moi, mais à la bonne distance. Je voulais la protéger et lui demander pardon.

Quant à la folie, toujours planquée dans un coin de l'appartement, elle me laissait entendre que cette fois, j'étais fichue. J'avais vraisemblablement atteint le sommet de la niaiserie.

Mais je n'étais plus à une absurdité près puisque, quelques jours plus tard, je me suis retrouvée à écouter en boucle des chansons de Xuxa. Certaines étaient désormais accessibles sur Spotify. Je redécouvrais également des extraits de ses show sur YouTube. J'étais reconnaissante des fans qui avaient numérisé les vieilles bandes d'images et de sons. Les vidéos, bien que très pixélisées, dépassaient plusieurs millions de vues. Les commentaires étaient majoritairement ceux de personnes de ma génération qui, comme moi, avaient gardé un souvenir impérissable de cette lointaine époque et partageaient leur gratitude à grands coups d'émoticônes.

Trente ans plus tard, les paroles des chansons résonnaient encore au bon endroit de mon être. Des morceaux remplis de messages qui sacralisaient l'enfance et invitaient à avoir foi en la vie (voir Annexe 8). Des textes que je connaissais toujours par cœur.

Je me disais que seule la musique avait le pouvoir unique et extraordinaire de consoler l'âme et réparer le cœur. De les emmener en voyage. De raccourcir les distances. Avec les autres et le passé. À tout moment elle pouvait dérouler la bande originale d'une vie et conserver les ressentis intacts, sans artifices ni mensonges. Et guérir les plaies les plus infectées.

Je laissais mes doigts posés sur le clavier de l'ordinateur me guider de clics en clics, au rythme entraînant des chansons et chorégraphies. Puis l'enchaînement s'est arrêté sur un lien qui renvoyait à une interview que Xuxa avait accordée à la presse brésilienne quelques années plus tôt.

Ça n'était pas une interview mais une bombe qui dégommait tout sur son passage : alors âgée de plus de 50 ans, la chanteuse confiait dans les colonnes du magazine avoir été victime d'abus sexuels lorsqu'elle était enfant. Quelques jours plus tôt, cette même information m'aurait beaucoup peinée. En cette fin décembre 2021, elle me catapultait. Xuxa et moi partagions un élément de passé commun qui, par son insoutenable nature, me donnait une sorte d'accès VIP aux coulisses de son être. Un nouveau filtre se déposait délicatement sur les vidéos de la chanteuse. Cette femme m'avait offert mes plus belles récréations au pays de la joie lorsque j'étais enfant, un quart de siècle plus tard, elle m'étreignait les tripes. C'était à la fois douloureux et réconfortant. Révoltant et réparateur.

Aucun psychologue, aucun psychiatre, pas même le médecin le plus qualifié et diplômé de Harvard, n'aurait pu me suggérer de reconstruire une maison Playmobil en écoutant des chansons de Xuxa, tout en numérisant mes souvenirs sur Word, le tout supervisé par la photo d'une gamine et de son lapin. Ce n'était pourtant pas une régression. Je comprenais que ce moment extrême de ma vie, pour que je lui survive, me demandait d'aller puiser au plus profond de moi les ressources, la créativité, l'ouverture. Le non-jugement. Il m'invitait à accueillir tout ce qui se présentait, même les choses les plus incongrues, et de me laisser surprendre. Il me demandait de tenir tête à la folie qui me guettait et, une bonne fois pour toutes, de l'envoyer valser.

Le soir du 31 décembre 2021, en tête-à-tête avec mon âme, je prenais l'engagement de faire confiance. D'essayer du moins. De ne pas tuer l'espoir. De permettre à mon inconscient, qui d'une certaine manière venait de franchir le cap du siècle, de continuer de se manifester et de me guider. De laisser la vie jouer sa partition. Comme elle l'entendait. De l'aborder comme une aventure, sans préjuger de rien. De retourner me mêler au monde sans me sentir agressée, ni trop vulnérable, tout en préservant une part de moi secrète. Une part respectable qui, maintenant qu'elle était consignée dans l'ordinateur, ne se sentait plus autant opprimée. Je trinquais avec la lune, seule témoin de ces décennies de nuits agitées. Et je laissais l'aube d'une nouvelle ère s'installer et mieux m'éclairer.

11

Quelques semaines plus tard, à l'approche du printemps, je buvais des verres sur l'île de Noirmoutier. J'avais décidé de saisir tout ce qui se présentait. De rester fidèle à mes engagements du Nouvel An. Proche de l'élan qui m'avait poussée à revisiter mon existence par le prisme d'un Playmobil. De rejoindre le moindre mouvement qui passerait devant moi, comme une opportunité salvatrice. D'attraper au vol chaque infime frémissement de vie. Et comme le préconisait la célèbre citation de Winston Churchill, « Si tu traverses l'enfer, ne t'arrête pas. », je m'efforçais de continuer d'avancer.

Alors quand une amie m'a invitée à passer quelques jours chez elle sur la côte Atlantique, je ne me suis pas fait prier. J'ai toujours aimé, par-dessus tout, les lieux habituellement prisés au moment où ils se trouvent désertés dans leur basse saison.

Nous prenions l'apéro dans un bar de l'île, au bout du monde, un dimanche soir venté et pluvieux de fin février, et discutions musiques, politique et autres banalités avec quelques habitués et le propriétaire des lieux. Entre deux tournées de vin de la Loire, j'évoquais également mon besoin urgent de trouver du travail ; des missions payées en heures d'intermittence de préférence. J'étais viscéralement rattrapée par mes habituelles problématiques matérielles, mes interventions à la radio se réduisant en peau de chagrin. L'émission peinait à trouver son identité, testait sans cesse de nouveaux chroniqueurs et me confirmait ce que je savais depuis le début, j'étais à contre-emploi. Alors je balançais ma requête à l'Univers comme un pétard mouillé, en espérant que, même dans un bar perdu au milieu d'une nuit bien avancée, quelque chose pouvait se produire.

Le propriétaire du bar s'est soudain mis à réfléchir avec sérieux. J'ai continué de boire, sans rien attendre d'autre qu'un peu d'ivresse. Puis, dans une impulsion de solidarité, il a proposé de me dépanner de quelques cachets en tant que DJ dans une discothèque qui lui appartenait. La seule discothèque de l'île. Il se disait prêt à me confier les manettes musicales pour toute la saison estivale. Et me donnait une seule directive « Je veux une piste pleine et des gens qui bougent. » J'ai d'abord éclaté de rire. Tant l'idée me semblait incongrue. Absurde, délirante ! Hors sujet même. Ce type est fou. Je ne mettais plus les pieds dans ce genre d'établissements depuis des décennies. L'excès de bruit, les foules alcoolisées, la superficialité des échanges, l'ensemble m'oppressait. Et surtout, point essentiel, je ne savais pas mixer.

Malgré tout, et parce que je me trouvais dans cette temporalité si particulière de ma vie, je devais sérieusement considérer l'opportunité.

Le trajet de retour à Paris m'offrait le temps nécessaire pour décuver du week-end arrosé et analyser la faisabilité du projet. J'avais présenté des chroniques feel-good en étant au bord du suicide, je pouvais peut-être devenir DJ tout en détestant les boîtes de nuit. Et ce, dans une station balnéaire saturée de vacanciers que d'ordinaire je fuirais. Dans l'incohérence constante du déroulé de ma vie, c'était un point de départ assez logique. Je tâchais de réfléchir de façon pragmatique. D'un côté je pouvais m'appuyer sur une assez bonne culture musicale, je me retrouvais d'ailleurs souvent à mettre la musique dans les soirées, gratuitement. Mais d'un autre côté, bidouiller les platines sans savoir les utiliser devant 600 personnes risquait de ne pas faire illusion très longtemps.

Et je ne sais par quel miracle, un flash, venu de la cinquième dimension, a percuté mon cerveau. Un véritable flash. Je me suis soudain souvenue d'un spam récurrent qui inondait ma messagerie depuis plusieurs mois. Une arnaque qui consistait à transformer des heures de formation en cash.

Je me suis mise à chercher ces heures, ce compte, cet argent. Sans être certaine qu'ils existent. En pensant d'ailleurs que c'était totalement improbable. Mais au bout de quelques minutes de recherches, je les ai trouvés. Je découvrais, béate, la somme de 2 500 euros associée à mon nom. L'argent était relié au site du gouvernement et des impôts, dans un Compte Personnel de Formation (CPF). Les sous attendaient-là, depuis des années, disponibles, sans se signaler, sans faire de bruit.

Bien sûr j'ai d'abord essayé de les transférer sur mon compte bancaire. Sans succès. Alors j'ai cherché une formation de DJ qui soit immédiate, express, intensive, individuelle et surtout, prise en charge par l'État. Sans me douter une seule seconde que tous ces critères pouvaient allègrement se réunir.

Quelques clics plus tard, je découvrais une école de DJ qui se trouvait près de chez moi. J'ai téléphoné et demandé un devis. Le montant de la formation dont j'avais besoin était de 2 500 euros. Pile. Et je pouvais commencer aussitôt. C'était si simple, si fluide, si suspect. Moi qui étais habituée à ce que tout fonctionne dans une dynamique inverse depuis tant d'années, j'ai aussitôt demandé une consultation de toute urgence à la kinésiologue pour qu'elle m'aide à trouver où se cachait le problème. À ma grande surprise, la kinésiologue a estimé qu'il n'était pas nécessaire qu'on prenne rendez-vous. Elle a résumé les raisons ainsi : « C'est lorsque les choses sont fluides que tout est normal ! On n'est pas habitués mais ça devrait toujours être fluide. La vie est fluide, par nature. C'est quand ça bloque, que ça coince, que ça se complique, c'est là qu'il faut trouver le problème inconscient. Autrement, ça roule ! Je raccroche ! »

Et les deux mois suivants, j'ai suivi les cours de DJ. Fluides. J'ai téléchargé des centaines de musique et préparé des sets. J'ai compris les Battements par minute (BPM), les temps, les clés, les faders, les effets, les cut, les cue, les loop, les b2b, le break, le drop, le bridge. Je me suis familiarisée avec le matériel Pioneer, la DDJ SX2 notamment. Je parlais chinois avec mon professeur et on se comprenait.

En parallèle, je cherchais un nom. Mon nom. Le propriétaire de la boîte de nuit m'avait demandé un nom de scène pour alimenter la communication des soirées sur les réseaux sociaux. Il me fallait en trouver un moins ridicule que DJ Elsa, Za ou Zaza. Ou pire encore, Djette qui, rien que dans sa sonorité, laisse entendre un indiscutable amateurisme.

J'ai cherché un certain temps. Je trouvais l'exercice difficile mais édifiant puisqu'il venait questionner ma véritable identité à travers un enjeu artistique.

Et un matin, en buvant mon thé comme tous les matins devant mes cactus et mon Yuka, j'ai vu cette plante posée juste à côté de la bouilloire, l'air d'attendre d'entrer en scène.

Un ami paysagiste me l'avait offerte un soir de couvre-feu, lorsque je venais de perdre la malle et partageais avec lui certains de mes déboires identitaires. En langage botanique, cet ami m'avait donné une métaphore réconfortante en déposant la plante entre mes mains. Il m'expliquait que cette plante particulière vivait sans terre et sans racines. Elle se posait n'importe où et se nourrissait d'air. Elle pouvait vivre en suspension, s'accrocher aux branches, s'agripper aux parois rocheuses, coloniser les câbles et fils électriques pour absorber l'eau présente dans l'air. Elle se rangeait dans la catégorie des plantes anti-conformistes. Elle était originaire d'Amérique latine et un botaniste suédois l'avait baptisée Tillandsia. Mais elle était plus couramment appelée « Fille de l'air ». Lorsque mon ami me l'avait offerte avec toutes ces explications, j'avais observé cette plante au creux de mes mains un long moment. J'y avais vu comme une extension de mon âme. Comme une nouvelle carte d'identité que je rêvais de présenter aux autorités lors d'un contrôle au passage d'une frontière, tant elle avait plus de sens que tous les critères physiques figurant sur mes papiers. La « Fille de l'air » m'évoquait l'aérien, la légèreté, la résilience, l'Amérique Latine, la Suède, le souffle, les éléments, le détachement, la liberté, l'air, la vie. Ma vie.

Et ce matin-là, entre deux gorgées de thé, la plante semblait m'appeler, me faire de grands signes, et même, souffler quelques notes de musique. J'ai posé ma tasse pour l'attraper. Et instantanément, son nom s'est accouplé à mon être. Il est venu prendre sa place, dans ce moment si particulier de ma vie. Comme une évidence. Car ce nom, et c'est aussi pour ça qu'il me séduisait, c'était également celui d'une pièce de théâtre du XIXe siècle dans laquelle l'héroïne était condamnée à vivre sur Terre après s'être vue couper les ailes. Plus qu'une évidence, la « Fille de l'air », c'était une révélation.

Fin juin j'arrivais sur l'île, une nouvelle identité en poche, des centaines d'heures de musique sous un bras, une platine sous l'autre, et je m'apprêtais à tenir un pari assez fou que je n'aurais sans doute jamais accepté, ni même provoqué, quelques mois plus tôt.

J'avais sous-loué l'étage d'une maison située près de la boîte de nuit pour un loyer dérisoire en comparaison du prix des locations estivales d'un marché saturé. Là encore, un miracle avait opéré. Je tâchais alors de continuer de penser que tout ce qui était fluide, était normal. Et lorsque cette façon de concevoir la vie ne nécessitait plus aucune perplexité de ma part, un léger problème s'est présenté pour chambouler tout ce nouvel équilibre. Plus qu'un problème, une véritable contrainte qui risquait de tout faire capoter. En arrivant à la maison de location, j'ai garé la voiture et je n'ai pas vu une maison, une porte et des volets. J'ai vu des chats. Une quinzaine de chats qui colonisaient les lieux. De toutes les couleurs, toutes les tailles. Toutes les formes. Certains aussi gros que des sangliers. D'autres la queue amochée, une oreille en moins ou les poils clairsemés. Les fauves avaient élu domicile sur les rebords des fenêtres, les chaises de la terrasse, les poubelles, et même le paillasson. Lorsque je me suis approchée du portail, tous me guettaient, l'air d'attendre pour passer à l'attaque. Quelques mois plus tôt, j'aurais fait demi-tour dans la seconde, sans hésiter. J'aurais rendu la location, accepté de perdre l'argent, j'en aurais même donné davantage et me serais endettée si besoin. Et peut-être que j'aurais renoncé à tout mon projet sans aucune remise en question. Curieusement, j'étais cette fois équipée d'une sorte de force supérieure. Une volonté féroce qui me poussait à affronter ma phobie. Ou plutôt, à m'affronter moi-même puisque, si la kinésiologue avait dit vrai, il se cachait là le cœur de ma terreur.

J'observais tous ces chats dans le jardin, il y en avait tellement, c'était une mise en scène si grotesque que j'ai eu l'impression d'être le personnage d'un jeu vidéo qui passait des étapes. Tous ces chats se présentaient sous la forme d'un palier supplémentaire pour définitivement passer au niveau suivant.

J'ai attrapé les armes à disposition, c'est-à-dire les valises et des sacs. Je les tenais près de mon corps pour me protéger et je me suis mise à courir comme une damnée jusqu'à la porte d'entrée en lâchant des « psstt, psstt, psstt ». Je me suis engouffrée dans le logement, je me suis empressée de fermer le verrou à triple tours puis j'ai vite regardé par la fenêtre qu'aucun chat ne m'avait suivie. Sceptique, je remarquais qu'ils avaient tous disparu.

C'est ainsi que, chaque fois que nécessaire pour entrer et sortir de chez moi, je m'équipais d'un sac de courses et d'un bâton, et je traversais le jardin en courant et gueulant. Et à raison de cinq soirs par semaine, armée d'un bout de plastique et d'un autre en bois, je prenais la voiture et rejoignais la discothèque.

J'arrivais alors à la boîte de nuit débordante d'adrénaline, sans avoir à boire une seule goutte d'alcool. Avec pour seul objectif de diffuser de la bonne humeur et de la bonne musique, de remplir la piste et de faire bouger les corps. Et je m'installais dans la cabine, que j'avais décorée de plantes, de feuillages et de quelques Filles de l'air, pour créer une sorte d'abri. Ma cabane surplombait légèrement la piste qui était foulée par 400 à 600 clients tous les soirs et me préservait un peu de la concentration humaine. Je dépassais ainsi chaque jour mon quota annuel de fréquentations sociales. Les gens étaient collés-serrés. Certains, pour rester debout, s'agrippaient aux barres en fer destinées au pole dance. J'avais l'impression de mixer dans une rame de métro aux heures de pointe, mais depuis un autre wagon, comme le conducteur, légèrement isolé.

Je trouvais le challenge d'être aux manettes assez vertigineux. Il fallait donner le tempo, enchaîner les bons morceaux, les bons BPM, les bonnes transitions, rester attentive aux moindres mouvements de la piste pour la maîtriser, la maintenir remplie. À raison d'un morceau toutes les deux ou trois minutes, soit environ trente morceaux par heure, c'est-à-dire un enchaînement de cent cinquante morceaux par soir, sans interruption, il fallait beaucoup de concentration et une connexion profonde avec la piste, avec les autres. Avec soi. Et comme dans des montagnes russes, l'enjeu était de faire monter la tension, la faire redescendre, la faire remonter, jusqu'à la faire exploser. J'avais l'impression d'être une architecte d'émotions festives. J'observais les corps se déchaîner, transpirer, et un peu comme dans la *Booty Therapy*, expurger le stress, les contrariétés. Je voyais les visages se marrer, se lâcher, se défouler, les mains me dessiner des cœurs, et les yeux, des centaines d'yeux, briller dans la nuit comme des confettis. Ils pétillaient de joie et, à travers de brefs regards en direction de ma cabane, la partager avec moi. Avec pour seule passerelle, la musique.

Malgré tout, la tâche était physique et répétitive, bien plus que je ne l'avais imaginée. La canicule ne m'épargnait pas non plus, la cabine était située au fond de la salle, sans aération, et chaque soir, mon corps se transformait en eau et s'évaporait. Les spots lumineux et autres stroboscopes psychédéliques m'éclataient la rétine. La machine à fumée congestionnait mes poumons. Les décibels que crachaient les vieilles enceintes bousillaient mes tympans et me laissaient des acouphènes pour la journée suivante. Et les requêtes musicales de certains clients pouvaient parfois me décourager, Jul et Céline Dion en tête. Quant aux demandes d'annonces pour souhaiter les anniversaires, qui risquaient de rapidement transformer la discothèque en soirée au camping, il fallait accepter de les contrarier. On s'était mis d'accord avec l'équipe en début de saison, ici il n'y avait ni musique d'anniversaire, ni annonces au micro, ni chenille. Et c'était un combat de tous les soirs.

Mais la dynamique générale, le mouvement, les rires, les cris, la foule en délire, toute cette fête dans la nuit, petit à petit, me réconciliait avec le jour. Certains morceaux des années 1980-1990 donnaient une nouvelle couleur à la bande originale de ma vie. Des musiques intrinsèquement associées à mon passé, qui auraient pu flirter avec l'oubli ou la ringardise, continuaient de sensiblement faire danser les corps en 2022. Des corps pourtant nés après 2000. De les faire transpirer. De les galvaniser à l'unanimité. *Sweet Dreams* de Eurythmics, *Enola Gay* de OMD, *Take on me* de A-Ha, *Smalltown Boy* de Bronsky Beat… Je m'imprégnais du nouvel écho que prenaient ces morceaux, comme de celui de ma nouvelle vie. Des airs parfois légèrement remixés, un peu plus électro, ce qui leur conférait un petit supplément d'âme leur permettant d'évoluer, de se réinventer, de se rafraîchir, de rester en vie, dans le coup. Et je me réjouissais de faire découvrir à certains clients des musiques qui étaient passées à la trappe, sans être démodées pour autant. *Power* de Snap, *Pump up the Jam* de Technotronic, ou encore *U can't touch this* de MC Hammer. Un titre qui avait soudain une puissante résonance.

Grâce à la « Fille de l'air » je sortais de ma zone, dépassais mes limites, faisais à nouveau exploser le cadre. La considération et le respect immédiat qu'avaient les clients pour ma fonction me surprenaient. Presque tous les soirs, des jeunes femmes passaient me saluer et me remercier. Me remercier d'être une femme aux platines. Tout simplement. Et à travers leurs regards reconnaissants, je leur étais reconnaissante en retour et sentais comme un lien nous unir et m'inspirer. Les regards fascinés de certains jeunes, qui s'approchaient de la vitre de la cabine pour observer les rapides manipulations de mes doigts sur la platine, me conféraient une sorte de statut de rock star. Pourtant, je me contentais de mettre les morceaux que j'avais envie d'écouter, d'appuyer sur quelques boutons pour ajuster les basses et les aiguës, et de pousser le son à fond. Mais j'y mettais du cœur. Je le sentais d'ailleurs s'ouvrir. Se muscler. Battre. Déborder. C'était une sensation nouvelle. Les échanges non-verbaux que j'avais avec les clients sur la piste, c'était de la douceur, de la complicité. Des sourires, du partage, de l'amour. Que j'emmagasinais comme une denrée rare. De temps en temps, un client venait déposer son numéro de téléphone sur le rebord de la cabine. Ou faire une demande en mariage alcoolisée. Je ne me sentais ni mal à l'aise, ni importunée, j'acceptais les avances sans m'offusquer et savais les décliner, sans blesser. Parce que cette fois encore, je n'étais pas « dans un moment comme ça ». Pas encore totalement prête. Mais en bonne voie. Et personne ne me demandait de justifier quoi que ce soit.

Et j'appréciais le moment parce que je savais qu'il était circonstanciel et éphémère. Il était inenvisageable d'en faire mon métier, mais DJ, c'était l'activité parfaite dans ce moment de vie suspendu.

Au fil de la saison, je sentais mon être se recharger et le poids de mes pires souvenirs se lever.

Lorsque je rentrais tard dans la nuit, en éclairant mes pas à l'aide de la torche du téléphone, et que je distinguais les pupilles fluorescentes des chats sauvages m'épier, je n'avais plus besoin d'un bâton pour traverser le jardin en courant, je m'en sortais grâce à une simple branche et un pas rapide. À plusieurs reprises, en journée, j'avais pris le temps d'observer ces bêtes dans leurs comportements. Depuis une fenêtre de la maison. Une fenêtre fermée. Comme dans un zoo inversé où j'étais en captivité et les animaux en liberté. J'avais également regardé un documentaire sur ces tigres nains. J'essayais de les comprendre, de décortiquer leurs mouvements. Leur attitude était fascinante parce qu'elle était profondément libre. Le chat fait ce qu'il veut, comme il l'entend, quand il le décide. Il ne se juge pas et se fiche pas mal du regard des autres. Petit à petit, même si je craignais cet animal, je l'appréhendais comme une sorte de mentor.

Peut-être aussi que ma phobie se désagrégeait parce que je n'avais plus autant d'énergie pour l'entretenir. Le rythme soutenu du travail de nuit fatiguait mon organisme. Au début de la saison, j'allais nager tous les jours à la piscine municipale et dans l'océan. Autour de mi-juillet, j'avais acheté des chaussons de mer et m'attelais à faire quelques allers-retours de longe-côte, un après-midi sur deux. Quinze jours plus tard, je me contentais de marcher sur le bord, l'eau au niveau des chevilles. La semaine suivante, j'investissais dans une chaise de plage. L'accessoire que j'avais toujours envié aux personnes âgées mais que je n'avais jamais assumé. Je cherchais les minuscules recoins de l'île, éloignés des plages surpcuplécs, ct rcstais assisc, un chapcau sur la têtc, une épaisse couche d'écran total sur l'épiderme, en quête d'inertie absolue. De silence. La chaise au bord de l'eau, à l'écart du bruit et de la foule, que j'avançais ou reculais en fonction des marées. Pour rester au contact de la mer et de son mouvement rassurant. Les pieds empreints du ressac, du va-et-vient de la vie, de véritables marées hautes et marées basses. Je restais là des heures, inerte, paisible, à contempler les fins d'après-midi. À trouver le ciel bleu, très bleu. Les rayons du soleil, très lumineux. Les feuilles des arbres, très vertes. Le sable, très doux. La chaise, très confortable. Et j'espérais ne croiser aucun client de la discothèque et être prise en flagrant délit de vieillerie. Je quittais la chaise uniquement lorsque le soleil avait plongé dans la mer et me demandait de repartir éclairer la nuit de quelques notes de musique.

Tout en profitant de l'instant, je me réjouissais de retrouver bientôt ma terre d'accueil, Paris. Le Paris décalé que je m'étais créé depuis 15 ans que j'y habitais. Calme, silencieux, à l'écart de la foule. Mes déboires matériels m'avaient permis de vivre dans presque tous ses arrondissements, d'errer dans chacune de ses ruelles, avenues, boulevards. De l'arpenter en métro, en bus, à vélo, en taxi. De jour comme de nuit. De m'asseoir à des milliers de cafés, sur des centaines de bancs, dans des dizaines de parcs. D'écouter ses oiseaux. D'observer les changements de saisons lui donner de nouveaux éclats sans jamais modifier sa substance. De sonder et déchiffrer ses entrailles. De toujours rester maître du temps, de mon temps, au sein d'une dynamique euphorisante. J'avais pu découvrir toutes les facettes d'une ville qui était si cosmopolite, si inextricable, si indéfinissable, si multiple, qu'elle avait l'air de me ressembler.

Et je parvenais ainsi à profiter des derniers instants de cette parenthèse éphémère, que je percevais désormais comme une thérapie déguisée. Comme un séjour en hôpital de repos, mais j'étais la seule à le savoir. Je profitais du moment, je m'enthousiasmais de l'avenir et commençais à me sentir en paix avec ce qui était révolu.

Je me disais que, peut-être, le principal défaut de la vie c'était finalement qu'elle ne savait pas emballer ses cadeaux. Elle balançait les situations de façon violente, extrême, redoutable, dévastatrice, elle jetait à la figure les événements, mais si on parvenait à les vivre sans trop les questionner, à les accepter, à transformer l'épreuve en expérience, la souffrance en conscience, la chute en envol, alors peut-être le papier cadeau finissait par apparaître pour déballer une occasion de grandir, de s'élever. De transcender le réel. D'être, pleinement et puissamment.

Puis il y eut un soir. Un soir en particulier où je ne travaillais pas. J'aurais voulu me coucher tôt, faire un tour de cadran pour permettre à mon corps de récupérer, mais le décalage horaire me maintenait éveillée jusqu'au petit jour.

Affalée sur le canapé, un ventilateur collé aux pieds, je venais de terminer le visionnage d'un énième documentaire animalier sur les chats et cherchais une nouvelle série à regarder sur l'ordinateur. Nonchalante, je me promenais sur les plateformes comme dans un supermarché. Je lisais les résumés en attendant d'être gustativement tentée par quelque chose et je changeais de fiction comme de rayon.

Jusqu'à cliquer sur un film dont l'affiche attirait particulièrement mon regard. Je découvrais un avertissement qui interdisait le programme aux moins de 16 ans en précisant *« Children abuse references »*. Cette catégorie de sujets était devenue incompatible avec mes soirs de repos. Je continuais alors mes recherches de divertissement. Je tombais cette fois sur une fiction interdite aux moins de 12 ans pour cause de « Violences sexuelles sur enfants ». En parallèle, je zappais sur les chaînes de la télévision et découvrais sur le service public, la retransmission d'une soirée-débat autour de l'inceste. Avec en première partie de soirée, une fiction interdite aux moins de 10 ans.

Et de programmes en programmes, je remarquais soudain le même phénomène. Le sujet des abus sexuels sur mineurs était abordé dans de nombreuses fictions, plusieurs documentaires et reportages, mais il ne s'adressait jamais aux enfants. L'accès leur était même interdit. C'était la norme. La loi de l'audiovisuel. Le système en place. À chaque nouvel avertissement que je voyais, c'est le tabou qui me sautait aux yeux. Il était là, partout, écrit noir sur blanc, en gras. Presque fier. Comme garant d'une société moderne et protectrice.

J'ai senti une déflagration me saisir le corps et j'ai pensé qu'elle était là, l'erreur. Exactement là. L'erreur fondamentale que je n'avais pas su voir jusqu'à présent. Une erreur qui consiste à vouloir « protéger » les enfants de l'horreur, avec pour principal résultat de ne pas les épargner. Les maintenir à l'écart, dans l'ignorance, et en faire des proies faciles. Protéger leur candeur et leur innocence, c'était les exposer, les rendre encore plus naïfs et vulnérables qu'ils ne l'étaient déjà.

Pourtant, il me semblait évident qu'il aurait été pertinent de créer des programmes qui justement s'adresseraient à eux. Je me suis alors attelée à chercher sur toutes les plateformes des contenus

« jeunesse ». De Disney+ en passant par Amazon, Paramount+, sans oublier Canal+, Netflix, Apple TV. Partout, rien. Je ne trouvais rien pour les enfants.

Je me suis alors rendue sur Internet et YouTube pour découvrir que même la websérie *Sextuto*, proposée par France Télévisions et diffusée sur la plateforme pour ados « Lumni », affichait sur chacune de ses pastilles l'encart « Déconseillé aux moins de 10 ans ». J'ai terminé mes recherches en découvrant le site, au nom discutable, « OnSexprime.fr » de Santé Publique France, qui lui, affichait clairement sa cible : les 12-18 ans. C'était tout aussi absurde qu'une société qui voudrait sensibiliser sur les dangers du tabac en communiquant des informations précises de ses ravages sur la santé, mais en y interdisant l'accès aux fumeurs. Pour ne pas les choquer.

Le problème majeur se pointait devant moi : depuis les années 1990, aucune avancée, aucun progrès n'avait été fait. Rien. On pouvait sans doute se vanter de ne plus inciter les enfants à fumer en leur offrant des cigarettes en chocolat, et se féliciter de ne plus les laisser à l'arrière des voitures sans ceinture attachée, mais concernant l'éducation sexuelle, on continuait de penser qu'ils comprendraient les choses tous seuls. Dans un coin de récré ou ailleurs, un beau jour, comme touchés par la grâce.

J'ai décidé de consacrer mon insomnie à faire de nouvelles recherches. Toujours plus de recherches sur ce qui avait été mis en place dans le domaine de l'éducation sexuelle. La loi Aubry de 2001 imposait à l'Éducation nationale quelques paires d'heures de cours sur « l'éducation à la vie affective et sexuelle » lors du cursus primaire et secondaire. Trois séances par an très précisément. Trois interventions ambitieuses pendant lesquelles il était prévu d'aborder l'anatomie, le sexisme, les violences sexuelles, la contraception, les IST, l´IVG, et lever tous les tabous en général. En trois heures, annuelles. Malheureusement, selon un rapport de l'Inspection générale datant de juillet 2021, jamais rendu public par le ministère jusqu'aux révélations de *Mediapart* en septembre 2022, les séances étaient dispensées au bon vouloir des établissements, c'est-à-dire quasiment jamais, et nulle part.

En dehors de cette tentative ratée, il n'y avait rien. On ne disait rien aux enfants. Ni sur leur corps ni sur leur véritable nature en tant qu'être sexué. Encore moins sur l'existence de prédateurs sexuels qui pourraient en avoir après eux. Aucune campagne d'information ni de prévention. Ni de dépistage. La sexualité, au sens large, me semblait pourtant être un enjeu majeur de santé publique.

Je me souvenais que, lors de la crise du Covid, de manière tout aussi rapide que redoutable, on avait su éduquer les enfants au lavage des mains, aux masques et aux distances, à grands coups de gel hydroalcoolique sur leurs petits cerveaux. J'avais même eu peur qu'on frôle la lobotomie et qu'on en fasse des psychopathes de l'hygiène. En ce qui concernait la cause écologique, il y avait encore du travail mais on avait compris qu'il fallait leur expliquer, dès leur plus jeune âge, à trier les déchets, éviter le plastique, ou encore, l'intérêt du compost et des toilettes sèches. Alors pourquoi cette même société, dite moderne, dans le coup et avertie, était incapable d'expliquer aux enfants qu'ils avaient un corps ? Un sexe ? Incapable de leur expliquer qu'ils étaient des êtres humains, ni plus ni moins. Comment une société pouvait-elle prétendre éradiquer des crimes sans se donner la peine d'en parler aux cibles visées ?

J'y voyais une sorte de puritanisme mal placé et détaché du réel puisque je lisais que selon une étude récemment commandée par la Région Île-de-France, l'âge moyen du visionnage du premier film pornographique était 10 ans. Seul support à disposition pour faire son éducation sexuelle. D'ailleurs, il suffisait de lever les yeux pour voir n'importe où dans le décor urbain ou télévisuel des femmes nues, ou dans des attitudes proches de l'orgasme, utilisées pour vendre du parfum, un cône glacé ou du café. Le corps des femmes, partout, comme objet de désir, de conquête et d'érotisme, et une indignation silencieuse à l'idée de parler de sexualité aux enfants. Comme dans un mépris assumé de la nature humaine, inculqué dès le plus jeune âge. Comme le signe, finalement, d'une société immature. De déni. Et maladivement indécrottable.

Je passais en revue tous les textes de lois que j'avais lus en long, en large et en travers ces derniers mois, et m'interrogeais une nouvelle fois sur leur utilité. Des textes construits comme des usines à gaz. Des lois complexes, inadaptées, souvent inapplicables, non rétroactives, et surtout, qui ne réparent rien puisqu'elles agissent après coup. Toute cette énergie déployée sans agir au cœur du problème, c'est-à-dire en amont. À la racine. Des dizaines de législateurs qui se grattaient la tête pour trouver le moyen de punir des crimes irréparables. Des centaines d'heures passées à se demander si le consentement c'était plutôt 13, 14 ou 15 ans et demi. Alors que le consentement, comme le reste, avant d'être une question d'âge c'est une affaire d'éducation et de mentalité. Bien que quarantenaire, je n'étais pas certaine de l'avoir moi-même encore totalement compris dans ma chair, peu importe l'âge inscrit dans la loi. J'aspirais à devenir une femme inconditionnellement libre. Ma raison en rêve, mon âme le supplie, pourtant, je reste une femme née dans les années 1980, élevée au grain de cette époque. Programmée à une certaine soumission. Conditionnée et éduquée par une société patriarcale qui coule dans mes veines. Des injonctions inculquées si jeune qu'elles continueront toujours, dans une part de moi infime, à agir sous forme de croyances et à me limiter. Quoique je fasse, j'en garderai à vie les débris dans mon ADN, comme un boulet à ma condition.

Il paraissait logique que le meilleur moyen de changer la donne et de limiter les dégâts ça n'était pas de fantasmer une loi parfaite qui ne pourrait agir qu'après coup, trop tard, et à côté. La seule chose à faire, et elle semblait évidente, c'était d'éduquer les enfants, les prévenir, les informer. Il fallait tout mettre en place pour éviter le pire plutôt que de chercher à réparer l'irréparable, avec des lois.

Sur Internet, je voyais que les volets d'actions possibles étaient pourtant nombreux (voir Annexe 7), mais la société semblait ne rien en faire de concret. Elle attendait. Laissait couler. Alors que des campagnes de prévention massives, qui matraqueraient tous les esprits au fer rouge, comme l'avaient fait les gestes barrières pendant la crise sanitaire, vaudraient toutes les avancées juridiques. Et semblaient largement à notre portée.

Dans une logique similaire, lorsqu'on veut limiter les cambriolages, on crée une loi qui punit les criminels, d'une part, mais surtout, on invite les habitants à installer des alarmes et des caméras, à changer les serrures, à mettre en place un système de sécurité. Bien conscients qu'on ne pourra pas éliminer tous les cambrioleurs de la Terre mais qu'on peut prétendre limiter leurs champs d'action. Comment était-il possible que dans les cas de la pédocriminalité on ne faisait rien pour prévenir, expliquer et fournir des alarmes et des systèmes de sécurité aux enfants ?

Quant au terme « pédophilie », qui accompagnait de nombreux textes sur le sujet, il me devenait insupportable et me claquait à la figure comme une négligence supplémentaire. Étymologiquement, *philie* du grec ancien, signifie aimer. Les pédocriminels n'aiment pas les enfants, ils les tuent. Les mots aussi avaient leur importance et leur impact me paraissait trop sous-estimé.

Il fallait tout revoir, tout repenser. Reconstruire les fondations d'une société en retard et qui s'était trop longtemps égarée. Cette même société qui maltraite les personnes âgées, met de côté celles qui sont handicapées, sous-paye les femmes, culpabilise les victimes d'abus sexuels, et qui, sans même s'en rendre compte, protège les pédocriminels.

Je rêvais alors d'une société mature et évoluée. Digne. Une société qui nommerait les choses et se comporterait en véritable adulte responsable vis-à-vis des enfants. Une société qui leur parlerait comme Xuxa savait le faire, droit dans le cœur. Une société qui agirait d'une part au niveau de la cellule familiale, pour prévenir des dangers extérieurs, d'autre part au niveau des institutions (écoles, activités sportives, etc.) pour prévenir des dangers intra-familiaux. Toutes les études ayant largement démontré que les crimes sexuels opéraient essentiellement dans ces deux sphères. Toutes ces études étaient là, disponibles, chiffrées, complètes, et on n'en faisait rien.

Les jours suivants j'étais hantée, énervée, bouffée par la sensation palpable de ne rien faire non plus. Comme dans une nouvelle routine, je me rendais à la boîte de nuit vers 22 heures pour mixer. Je refusais de passer Michel Sardou mais cédais sur Jul. Et au moment de rentrer chez moi vers 3 heures du matin, que je parvenais à traverser le jardin sans trop craindre les chats, je ne dormais pas. Les restes de « boum boum » dans ma tête sonnaient comme un ultime écho de l'intolérable.

Lorsque je croisais un regard d'enfant, sur une plage, au supermarché ou dans la rue, je ne supportais plus de me sentir irresponsable. Inefficace. Coupable de non-assistance à personnes en danger, alors que tous les enfants le sont, en danger. Bien consciente de mon impuissance individuelle et du levier collectif qu'il fallait enclencher à grande échelle. Lorsque je croisais les regards plus ou moins aguerris de centaines de jeunes filles sur la piste de danse, je voulais m'assurer qu'elles avaient bien compris la notion de consentement. Que depuis leur plus jeune âge, on leur avait donné la clé, les armes.

J'ai terminé la saison, éreintée, et je suis rentrée à Paris, déterminée. Dans un équilibre parfait puisque j'étais à la fois sereine et révoltée. Et j'avais enfin les moyens de ma révolte. Il me fallait maintenant trouver une façon de la transformer. J'avais un statut, intermittente du spectacle, et un revenu fixe pour les douze prochains mois. J'avais moins peur des chats. Des gens. De la nuit. L'obscurité était désormais peuplée de lucioles. J'avais un cœur en vie qui ne demandait plus qu'à totalement s'ouvrir. Et je me sentais solide. Je trouvais un lieu au plus profond de moi qui était rassurant. Stable. Confortable. Mon corps devenait ma résidence principale. Une adresse immuable. La maison que j'avais tant cherchée semblait se trouver là. Prête à m'accueillir, où que je sois, comme un refuge. J'avais une chaise de plage dans le coffre de la voiture, m'offrant une assise partout où je le déciderais. Et je ne ressentais plus le besoin de chercher un sauveur à l'extérieur, ni d'espérer l'arrivée d'une soucoupe volante qui viendrait récupérer mon âme égarée. Que ce soit celle d'E.T. ou de Xuxa. Je savais que je pouvais me reposer sur moi-même. Me faire confiance. Et surtout, je commençais à ressentir quelque chose que je n'avais jamais perçu auparavant, un certain amour-propre. Quelque chose de cet ordre-là. Et dès que je le sentais s'éloigner, je parvenais à le convoquer à nouveau en pensant simplement à la fillette et son lapin. Je n'étais plus la même personne. Je m'étais affranchie de mon drame personnel tant il prenait une dimension universelle et tant il quémandait une nouvelle raison d'être. Je me sentais vivante et cette fois, ça n'était pas le ressenti précurseur mais éphémère que j'avais contacté lors de ma chronique sur la *Booty Therapy*. Désormais, c'était ancré. C'était du béton dans mes cellules.

J'ai rejoint Paris en faisant la route de nuit, à doubler des poids-lourds en mangeant des bonbons. Tout était devenu tellement plus clair que je n'ai même pas eu l'impression qu'il faisait nuit. C'était calme et fluide. Je n'ai pas eu besoin de mettre de la musique à plein volume, le silence m'enchantait et mes pensées étaient tranquilles. Je roulais dans une atmosphère feutrée, rassurante. La France dormait et préparait la rentrée scolaire. Et, comme à mon habitude, j'étais en décalage puisque je m'apprêtais à prendre quelques semaines de repos au moment où toute une nation allait se remettre au travail. Et je le vivais comme un privilège. Les panneaux bleus de l'autoroute indiquant Paris me remplissaient de joie et d'impatience. On aurait dit qu'ils n'étaient là que pour moi. Comme s'ils avaient été posés pour me guider le temps de mon passage, et s'éclipseraient par la suite.

Au petit matin, fatiguée mais heureuse de retrouver Paris, son ciel, ses ponts, ses toits, sa tour

Eiffel – dont l'immensité me permettait de relativiser la perte de sa version miniature enfermée dans une boule à neige – je passais la porte de l'appartement. Les coussins disposés sur le canapé avaient l'air moelleux et accueillants, comme pour honorer mon retour. Le salon baignait dans une douce lumière de fin d'été. Celle de l'aube, encore timide mais perçante. Ces rayons de la journée qui, sans doute parce qu'ils sont les tout premiers, parviennent à donner l'illusion qu'on est seuls à en profiter. J'ai ouvert les fenêtres pour aérer la pièce, faire entrer le jour et me réimprégner des lieux. Avec l'étrange sensation que c'étaient eux qui s'imprégnaient de moi. Les murs avaient l'air de s'assouplir. J'ai même eu l'impression que s'ils pouvaient parler, ils m'auraient souhaité la bienvenue et glissé que je leur avais manquée. Le parquet sur lequel je m'étais délitée quelques mois plus tôt semblait, lui aussi, réconfortant. Protecteur. À bien l'observer, c'était lui qui m'avait retenue dans ma chute et permis de ne pas tomber plus bas. Je le parcourais pieds nus en rangeant mes affaires, pleine de gratitude à l'égard de ce cocon dans lequel j'avais pourtant vécu l'enfer. Un lieu qui avait tout vu, tout entendu, tout ressenti et qui était le seul témoin de ce moment de déliquescence. Ce qui le rendait encore plus précieux.

Avant l'été, j'avais demandé aux amis qui me le prêtaient *le temps de*, que je puisse leur payer un loyer. Leur générosité inconditionnelle, sur la durée, était devenue trop complexe à accepter s'il n'y avait pas de véritables contreparties. Mes hôtes ne souhaitaient toujours pas le louer, ni à moi ni à personne, ils voulaient simplement que j'en prenne soin. Et que je réussisse dans mes projets. Tels des mécènes. Des anges gardiens. Victimes de mon insistance, ils avaient fini par céder. Nous nous sommes mis d'accord pour un dédommagement à hauteur de mes moyens. Et cet arrangement, cette petite somme d'argent, ce geste qu'ils acceptaient de ma part, c'est ce qui me permettait désormais de réinvestir ces lieux autrement. Dignement. En toute légitimité. Je n'étais plus hébergée à titre gratuit, j'étais un peu locataire. Et ça changeait tout.

J'ai vidé les sacs et les valises. J'ai déposé les Filles de l'air près de la bouilloire, à leur place, pris une douche, mis en route une machine et je me suis écroulée sur le lit. Je sondais chaque recoin de l'appartement, un sourire aux lèvres. Mes yeux balayaient tout autour de moi, comme pour mieux réinvestir les lieux et permettre à mon âme d'atterrir elle aussi. Et je sentais un profond soulagement m'envahir. La sensation d'être de retour. Chez moi. Et d'être bien là. Présente. Les tripes gainées.

Tel un sportif après un nouveau record ou accomplissement, tel un vainqueur de Roland-Garros couché au sol, écrasé par ses émotions sur la terre battue, j'étais allongée en croix sur le matelas, à jouir de la vie. De ma vie. Du temps libre et infini qui se présentait devant moi. À habiter mon corps et à l'honorer de sa présence, comme un temple. Je sentais que cette fois j'avais remporté le match. Le Grand Chelem. Et pour la première fois, je me sentais en très bonne compagnie. De moi-même. Je me suis même demandé si je n'avais peut-être pas fait le plus dur. C'était finalement peut-être ça, le grand défi de la vie : parvenir à vivre avec soi ? Sereinement. Paisiblement. Joyeusement. Quelles que soient les conditions de vie extérieures ou l'échelle des tremblements de terre, être. Tout simplement.

Et j'étais en si bonne compagnie, que j'ai senti un rire naître au fond de mon ventre. Remonter ardemment le long de ma trachée, jusqu'à éclater dans l'appartement. Ce rire c'était celui de mon âme, tant la situation était curieusement drôle. Comme toujours. Parce que sur le papier, pas grand-chose n'avait changé. J'avais cette fois 40 ans, j'étais toujours précaire, célibataire et sans enfant. N'importe qui de normalement constitué aurait pu aisément penser, tout ça pour ça ? À la grande différence que cette fois, ça n'était pas un échec. Ni une énigme. C'était ma vie. Et elle me plaisait, comme ça. Telle quelle. Parce qu'elle n'était pas figée. Et surtout, parce que je l'avais investie. Choisie. Je sentais son flux me traverser, parcourir mon corps, dans un mouvement continu. Et je bénissais tous les obstacles qu'elle m'avait présentés. Parce que telle l'héroïne de la petite Olympe, j'étais libérée. Délivrée. En harmonie. Solide. Affranchie du regard des autres qui n'était peut-être rien d'autre que la projection de mon propre jugement, intransigeant.

Un champ des possibles infini s'ouvrait à moi. Je n'étais plus dans un dispositif de survie, j'étais en vie. Je n'étais plus bancale et sclérosée par mon passé. Ni enfermée dans les carcans d'une société fossoyeuse d'âmes, pour qui la réussite semble rimer avec argent, mariage, emploi stable, achat immobilier et procréation. J'étais à l'opposé de ce programme, loin de tout lien d'interdépendance, et pourtant, je sentais que j'étais en plein accomplissement. En plein succès. Et pour la première fois, en pleine possession de mes moyens. Parce que j'étais totalement libre.

Et ce qu'il y avait de plus fou, c'est que s'il existait une pilule qu'il suffisait d'avaler pour changer de vie, effacer un souvenir douloureux ou modifier un événement du passé, je refuserais de la prendre. Tout ce qui m'était arrivé avait sa raison d'être. Le cruel, comme l'absurde. Ce grand tout m'avait construite et donné accès à mon être. Comment pourrais-je avoir envie de changer le chemin emprunté maintenant que je connaissais son impact sur la ligne d'arrivée ?

Je me suis tournée sur le côté du lit, un lit immense, comme dans les hôtels. Et tel un chat, mon fil rouge, j'ai laissé mon corps se prélasser et prendre sa position préférée, la position fœtale. À côté de moi, je n'ai pas vu un grand vide, j'ai vu de l'espace, de la place. Une place. L'oreiller avait l'air prêt à accueillir une autre tête. Le matelas, un autre corps. Les draps, une autre peau. Et moi, je me sentais ouverte à la rencontre, prête à laisser entrer quelqu'un, dans l'intime. Sans masques.

Pas n'importe qui et pas n'importe comment. Plus jamais. Mais quelqu'un avec qui arpenter le quotidien. Et plus qu'un prince charmant, une moitié ou un sauveur, je songeais à un coéquipier. Un complice. Un binôme. Comme dans les travaux pratiques de physique-chimie, au lycée. Quelqu'un avec qui on partage l'expérience. Et avec qui on s'amuse du résultat. Même lorsqu'on se plante. Quelqu'un avec qui on fait équipe, comme un bonus à l'existence, mais dont notre véritable bonheur ne dépend pas. Un peu comme le personnage de Tomas dans *L'insoutenable légèreté de l'être* de Milan Kundera, j'avais longtemps été persuadée que je n'étais pas née pour vivre aux côtés d'un homme et que je ne pouvais être vraiment moi-même que célibataire. Pour la première fois, je me sentais suffisamment incarnée pour que la venue d'un autre ne puisse ni me limiter, ni m'empêcher d'être. Et ne puisse jamais m'arracher à moi-même.

Mais pour le moment, j'allais m'accommoder de son absence. Sans souffrance. Faire confiance à la vie qui déposera ce quelqu'un sur mon chemin, au bon moment. Au meilleur des endroits, comme elle savait le faire. Et j'allais continuer à me familiariser avec la femme que j'étais et continuais de découvrir. Et surtout, je voulais consolider au plus profond de mes entrailles ce sentiment de paix, pour que personne n'ait le pouvoir de l'altérer.

J'ai regardé le plafond. Et comme à chaque fois, quelle que soit la couleur ou la forme d'un plafond, je savais qu'un plafond restait un plafond. Ça n'est jamais très dépaysant un plafond. J'ai senti une envie de création aussi familière que le plafond monter en moi jusqu'à le faire sauter. Et ça faisait longtemps qu'elle m'avait désertée. J'avais mille choses à poser sur papier et à proposer. Des textes, des dessins, des chroniques, des billets d'humeur, des concepts. Je me sentais déborder d'idées.

La frustration que j'avais accumulée pendant des années avec les centaines de projets artistiques qui n'avaient jamais vu le jour, et qui s'empoussiéraient dans les tiroirs du *cloud*, semblait s'évaporer et se transformer en expérience. En conviction, toujours plus forte. Je sentais que je n'allais plus déroger. Sur rien. J'allais laisser libre cours à chaque idée qui se présenterait. La considérer. Lui donner une chance de se matérialiser. Et à travers elle, continuer de me réaliser. Sonder l'insondable. Puiser dans l'indicible. Me nourrir d'invisible. En quête permanente de vérité. Apprécier les routes sinueuses, tortueuses. Cabossées. Accueillir les déconvenues, désillusions et aspérités. Comme un randonneur qui chemine et s'adapte aux terrains, cailloux et dénivelés. Tel un aventurier qui vibre devant l'inconnu, en toute humilité.

Désormais je n'allais plus juger la valeur de mon travail en fonction de retours extérieurs, commerciaux ou de signatures de contrats. Quel que soit le résultat, le salaire, le prix à payer, mon travail était plus que jamais ma raison d'être, puisqu'ils étaient étroitement liés.

Je ressentais du détachement vis-à-vis du passé, de la consistance dans le moment présent et de la curiosité pour le futur. Je laissais glisser tout ce qui avait été, ou aurait pu être, et me concentrais férocement sur ce qui est. Tout en restant convaincue qu'au fond, rien n'avait d'importance. Il me fallait rester souple comme les Tillandsia face au vent, et sereine comme le fond des océans. Et cela me rendait capable de tout. Et avant tout, capable de dépasser ma pudeur. De raconter mon histoire la plus intime, bien que pas la meilleure. Capable d'exposer ma plus grande blessure à des inconnus. De montrer ma vulnérabilité. De la célébrer. De mettre ma honte à la lumière de qui voudra la voir pour qu'elle n'en soit plus jamais une.

Et le projet s'est hissé au sommet de mes priorités. À la fois personnelles et professionnelles. Je décidais de ne pas raconter mon histoire, mais de la partager. Qu'elle cesse de se contenter d'être consignée sur des fichiers du *cloud*, de trois disques durs externes et d'un ordinateur. Qu'elle plaide, à sa petite échelle, son soutien à toutes les personnes qui avaient vécu l'intolérable, condamnées à rester emmurées dans un effroyable silence. Condamnées à l'oubli. Enterrées dans la grande nécropole des vécus qui dérangent. À toutes les affaires d'abus sexuels englouties sous le verdict « prescrit » et « sans suite ». À la douleur infinie des victimes restées ensevelies sous les décombres de l'indicible.

Maintenant, il fallait imprimer cette histoire. L'empêcher à tout jamais d'être prescrite grâce au biais tangible de sa sortie sur papier. La diffuser en plusieurs exemplaires pour la mettre irrévocablement à l'abri de l'oubli. Et la déposer ici, entre vos mains.

Et maintenant que vous l'avez là, entre vos mains, ce n'est plus simplement mon histoire imprimée sur du papier, c'est aussi la vôtre puisque je vous l'ai confiée. Tout est entre vos mains. Là, maintenant, tout de suite. Si vous croisez un regard d'enfant, qui brille par sa candeur, dites-lui. Qu'il s'agisse d'un fils, d'une nièce, d'un filleul, d'une élève, d'un patient, peu importe, dites-lui. Dites-lui tout ce qui est en votre pouvoir. Sans gêne, sans crainte. Sans plus perdre de temps. Dites-lui qu'aucun parent, oncle, tante, marraine, parrain, professeur·e, médecin, ni quiconque, n'a le droit de le toucher. Qu'il est strictement interdit de pénétrer son intimité. Dites-lui que son corps lui appartient. Dites-lui qu'il en est le seul gardien. Dites-lui.

C'est ce que j'aurais aimé qu'on m'assène quand j'étais enfant. Clairement, simplement, sans tabou, chichi ou féerie. J'aurais aimé qu'on m'arme le plus tôt possible d'un bouclier de conscience. Quelles que soient les circonstances, que je puisse l'utiliser. Et comme des notes de musique, une dédicace ou les paroles d'une chanson, comme un jouet de l'enfance ou l'intérieur d'une maison, que je ne puisse jamais l'oublier.

« Voilà la signification ésotérique de l'art ancien de l'alchimie : la transformation du vil métal en or, de la souffrance en conscience. »

ECKHART TOLLE

Annexe 1

Définition de la prescription, principaux délais et application

Extraits du site Service-public.fr

La prescription

La prescription est une durée au-delà de laquelle une action judiciaire ne peut plus être exercée. Passé ce délai, l'auteur d'une infraction à la loi ne peut plus être poursuivi. Il s'agit d'un principe général du droit, qui s'applique pour les crimes, délits ou contraventions, pour les exécutions de peine et pour les litiges civils.

Les délais de prescription pénale

En matière pénale, les durées varient selon la nature de l'infraction commise. Sauf cas ou circonstances particulières, la prescription est de :

- trois mois pour injure ou diffamation (un an en cas de racisme, sexisme ou homophobie) ;
- un an pour les contraventions ;
- 6 ans pour les délits ;
- s'il s'agit d'un délit caché (abus de confiance ou de biens sociaux), le délai commence au moment où les faits sont découverts, mais les poursuites ne peuvent être engagées plus de 12 ans après les faits ;
- 20 ans pour les crimes ;
- 30 ans pour les crimes plus graves (terrorisme, traite d'êtres humains…) ;
- dans le cas particulier d'actes commis sur des mineurs (âgés de moins de 15 ans), le délai court à partir de la majorité de la victime. Une personne mineure au moment d'un viol, ou victime de proxénétisme, peut porter plainte jusqu'à l'âge de 48 ans ;
- seuls les crimes contre l'humanité sont imprescriptibles.

Justification de la prescription

C'est un principe fondateur du droit, hérité de l'époque romaine et inscrit sous Napoléon dans le Code d'instruction criminelle de 1808. Il repose sur plusieurs fondements (rapport d'information parlementaire publié en 2014 par les députés Alain Tourret et Georges Fenech).

Des positions de principe

- **Le droit à l'oubli**, pour préserver la paix sociale, car « le trouble causé s'apaiserait progressivement avec le temps » ;
- **Le pardon légal**, considérant qu'une personne peut changer, et que le temps qui passe a soumis le coupable présumé à d'« incessants remords » et « angoisses liées à la crainte d'être condamné » ;
- **La proportionnalité** entre la gravité des faits et la durée de poursuite.

Des risques sur la qualité du procès

- **Le dépérissement des preuves :** les éléments matériels susceptibles de prouver la culpabilité ou l'innocence d'une personne risquent de se dégrader avec le temps ;
- **La fragilité des témoignages anciens :** le risque d'erreur judiciaire augmente aussi à mesure que les témoignages perdent de leur acuité et s'enrichissent de rumeurs ou d'inexactitudes ;
- **Le risque de déception pour les victimes** si une plainte trop ancienne, même pour des infractions graves, n'aboutit pas (non-lieu, relaxe, acquittement) par manque de preuves.

En application

La prescription sanctionne l'inertie de la justice et appuie le droit à être jugé dans un délai raisonnable, inscrit dans la convention européenne de sauvegarde des droits de l'homme (CESDH). La prescription permet également « d'écluser le stock ». La justice manquant de moyens humains et matériels.

Annexe 2

Les limites de la prescription et les conditions d'imprescriptibilité

Extraits du Rapport d'information parlementaire publié en 2014 par les députés Alain Tourret et Georges Fenech

Pilier de notre système judiciaire, la prescription est aujourd'hui régie par des règles confuses et incohérentes.

La prescription constitue, depuis plusieurs siècles, l'une des clés de voûte de notre système judiciaire. Si elle demeure acceptée dans son principe, certains de ses fondements traditionnels apparaissent aujourd'hui en partie remis en question (A). Mais, au-delà des débats sur le principe même de la prescription, l'essentiel des interrogations porte sur la pertinence du cadre juridique actuel, caractérisé par des règles nombreuses, confuses et complexes (B).

A. Des fondements fragilisés mais bien réels

Interrogée dans ses fondements historiques (1), la prescription n'en conserve pas moins de solides justifications : elle sert l'effectivité de la réponse pénale et permet, *in fine*, la conciliation de plusieurs exigences fondamentales de notre système judiciaire (2).

Des fondements traditionnels de moins en moins admis

Il a été historiquement défendu que la prescription de l'action publique et des peines reposait sur l'œuvre du temps, qui réduirait l'intensité du dommage causé à l'ordre social par le coupable et, partant, la nécessité de le sanctionner.

Selon cette théorie, la société aurait intérêt à oublier l'infraction passée un certain délai, plutôt que d'en attiser le souvenir en la réprimant tardivement. Le juriste et philosophe des Lumières, Cesare Beccaria, pourtant fermement opposé à l'idée de prescription pour les crimes les plus graves, considérait lui-même que, pour les « délits ignorés et peu considérables (…) il faut fixer un temps après lequel le coupable, assez puni par son exil volontaire peut reparaître sans craindre de nouveaux châtiments » car « l'obscurité qui a enveloppé longtemps le délit diminue de beaucoup la nécessité de l'exemple, et permet de rendre au citoyen son (1) état et ses droits avec le pouvoir de devenir meilleur » .

Aujourd'hui, les fondements traditionnels de la prescription tels qu'ils ont été développés par la doctrine pénaliste à partir du XVIII e siècle autour de la théorie du « pardon légal » (a) et du dépérissement des preuves (b) sont devenus partiellement obsolètes et méritent donc d'être relativisés.

a. Un « pardon légal » de moins en moins accepté

Premier fondement traditionnel de la prescription, la « grande loi de l'oubli » commanderait à la société d'oublier les infractions commises dans le passé afin de préserver la paix et la tranquillité sociales car le trouble causé par celles-ci s'apaiserait progressivement avec le temps. D'après M. Alexis Mihman, auteur d'une thèse consacrée à l'étude du temps dans la procédure pénale, il s'agit du principal fondement retenu au moment de l'élaboration, en 1808, du Code d'instruction criminelle, repris par le Code de procédure pénale de 1958. Cette présomption d'oubli, qui s'applique aussi bien à l'action publique qu'aux peines, commanderait de renoncer à mettre à exécution une décision pénale trop ancienne, l'efficacité de la justice procédant en grande partie de la célérité avec laquelle elle fait exécuter ses décisions.

Le deuxième fondement traditionnel de la prescription, étroitement lié au premier, repose sur l'idée que le temps qui passe aurait profondément modifié la personnalité et le comportement du coupable présumé, en lui permettant de se repentir d'avoir mal agi et de s'amender. Le temps qui passe le soumettrait également à d'incessants remords et d'interminables angoisses liées à la peur d'être condamné. La souffrance du coupable constituerait en quelque sorte un succédané de la peine qu'il aurait dû purger s'il s'était livré à la justice. Ce fondement traditionnel, qui vaut pour l'exercice des poursuites, justifie également la prescription des peines puisque le condamné qui échappe à sa peine aurait intérêt à ne plus faire parler de lui.

Cette forme de « pardon légal » est aujourd'hui discutée et parfois critiquée par la doctrine. À titre d'exemple, M. Jean-François Renucci, professeur à l'Université Nice Sophia-Antipolis, s'interroge en ces termes : « Comment admettre l'oubli dès lors que la victime réclame réparation, même si cette demande est tardive ? Les remords sont-ils vraiment une réalité, en particulier pour les délinquants qui sont enracinés dans la marginalité ? D'autre part, on peut se demander si la prescription ne risque pas d'être ressentie comme un encouragement à la récidive. (…) Le danger peut être toujours présent, de sorte que du point de vue de l'utilité sociale et de la défense de la société, la prescription de l'action publique n'est pas à l'abri de la critique. »

La plupart des personnes entendues par les rapporteurs ont également constaté le déclin de ces deux fondements ; sans remettre en cause le principe même de la prescription, elles se sont interrogées sur la pertinence de ses délais. Pour l'Union syndicale des magistrats, « le dogme fondateur de la prescription, selon lequel la tranquillité publique serait troublée par des poursuites tardives, est largement remis en question, voire inversé, le bénéfice de ce droit à l'oubli [n'étant] plus admis, le temps n'atténuant pas le danger que les délinquants représentent pour la société » ; au contraire, « l'impunité peut renforcer la détermination criminelle de certains auteurs ». MM. Jean-Claude Marin, procureur général près la Cour de cassation, et Jean Danet, avocat honoraire au barreau de Nantes et maître de conférences à l'Université de Nantes, ont estimé que la « grande loi de l'oubli », « loi sociale ou sociologique un peu vague », n'apparaissait plus « dans notre société, tout à la fois société médiatique et de mémoire, comme une loi sociale si évidente qu'elle puisse fonder la prescription de l'action publique ».

Les rapporteurs considèrent eux aussi que les justifications traditionnellement apportées au bien-fondé de la prescription méritent d'être relativisées et discutées. À leurs yeux, la prescription ne saurait faire échapper les délinquants ou les criminels à la justice et encore moins les faire bénéficier d'une quelconque impunité. Au contraire, les rapporteurs souhaitent que ses fondements tiennent compte de l'évolution qu'a subie depuis plusieurs décennies la conception de l'ordre public sous l'effet de trois phénomènes mis en lumière par M. Marc Robert, procureur général près la Cour d'appel de Versailles, dans sa contribution écrite :

- En premier lieu, alors que jusqu'au milieu du XXe siècle, la faiblesse des appareils policier et judiciaire conduisait à rechercher davantage l'exemplarité immédiate, on requiert aujourd'hui de la justice « la systématisation de la réponse pénale ».
- En deuxième lieu, « la sensibilité de la société à certains crimes et délits n'a plus rien à voir avec ce que l'on connaissait auparavant compte tenu (...) de la primauté donnée à l'individu et à la protection de son intégrité » et des effets de la médiatisation et de l'Internet sur le sentiment de proximité et la réactivité de l'État et des juges en matière de répression.
- En dernier lieu, « la mise à l'écart de la victime, sauf à des fins indemnitaires, a laissé la place à une victime sujette de droits qui, sur le plan individuel ou par le biais associatif, met en cause

le monopole de fait reconnu au ministère public, y compris quant à l'engagement des poursuites ». Ce dernier phénomène a conduit certains observateurs de l'institution judiciaire à considérer qu'« au nom d'un devoir de mémoire envers les victimes, une "volonté de punir" envahit les sociétés démocratiques ».

b. Un dépérissement des preuves moins avéré

Cela est d'autant plus nécessaire que le troisième fondement traditionnellement donné à la prescription de l'action publique, le dépérissement des preuves, est lui aussi devenu moins pertinent en raison de l'essor des preuves scientifiques. S'il est indiscutable qu'avec le temps, les éléments susceptibles de prouver la culpabilité ou l'innocence d'une personne s'estompent, les progrès scientifiques et le développement de nouvelles techniques d'investigation permettent désormais de faire progresser les enquêtes pénales parfois plusieurs années après la commission des faits.

Les rapporteurs ont procédé à l'audition de plusieurs représentants des services de police technique et scientifique qui, sans remettre en cause le principe même du dépérissement des preuves, en ont fortement relativisé la portée. Pour le colonel François Daoust, directeur de l'Institut de recherche criminelle de la gendarmerie nationale (IRCGN),

« les progrès technico-scientifiques permettent de constater que, dans de nombreux domaines, la recherche d'un résultat scientifique robuste et déterminant est possible au-delà des délais de prescription de l'action publique en matière de crime », ce qui montre « que le dépérissement des preuves ne peut plus être considéré comme un des fondements participant à la justification du délai de prescription de l'action publique ».

La professionnalisation du personnel qui intervient sur les scènes de crime, l'utilisation de kits spéciaux pour le prélèvement de traces biologiques et le perfectionnement de l'exploitation des éléments prélevés permettent de disposer de moyens de preuve fiables sur une plus longue durée. Comme l'a indiqué aux rapporteurs M. Frédéric Dupuch, directeur de l'Institut national de police scientifique (INPS), les empreintes digitales et le profil génétique d'un individu ne changent pas avec le temps, les techniques utilisées pour recueillir et exploiter les traces papillaires et l'ADN ont considérablement évolué, permettant « d'exploiter non seulement des traces “riches” (sang, sperme, salive), mais aussi des traces faibles, pauvres en ADN, et de l'ADN dégradé,(...) notamment des “traces de contact” issues de seuls frottements ou touchers ». Qui plus est, « des progrès encore plus considérables sont attendus à un horizon assez proche ».

Ces dernières années ont également été marquées par une relative amélioration des conditions de conservation des scellés criminels. Rappelons que la destruction des scellés intervient en principe « six mois à compter de la décision de classement ou de la décision par laquelle la dernière juridiction saisie a épuisé sa compétence » des auditions de mineurs. Ce délai est porté à 5 ans pour les enregistrements et des personnes placées en garde à vue pour des faits criminels ou – disposition introduite à l'initiative des rapporteurs – lorsque la personne définitivement condamnée par une cour d'assises s'est opposée à leur destruction, et à 25 ou 40 ans pour les prélèvements biologiques. Le 16 mars 2011, une dépêche du ministère de la Justice, relative aux délais de conservation des scellés, invitait les parquets à conserver les scellés des affaires les plus sensibles. En outre, une circulaire du 13 décembre 2011 rappelait aux juridictions que, « compte tenu des progrès réalisés ces dernières années en matière de police technique et scientifique, une aliénation ou une destruction systématique des objets placés sous scellés et non restitués, à l'issue d'un délai de six mois, peut être de nature à faire obstacle à la réouverture et la résolution d'affaires qui n'ont pu être élucidées » et les encourageait à rationaliser leur gestion par l'aménagement de locaux sécurisés et adaptés à leur conservation. La plupart d'entre eux sont conservés soit au sein des greffes des tribunaux, soit dans des établissements adaptés à leur nature, leur dangerosité ou leur volume.

Dans plusieurs affaires, les progrès réalisés dans le recueil, l'exploitation et la conservation des preuves digitales et génétiques mais aussi de natures olfactive et acoustique ont permis l'identification tardive de suspects. Ainsi, dans l'« affaire Roussel », à la demande de la famille de Delphine Roussel, disparue à l'âge de 19 ans le 17 mai 1994 et découverte étranglée 6 jours plus tard, une empreinte génétique a été pour la première fois relevée sur les sous-vêtements de la victime en 2009, permettant l'établissement d'un profil génétique rapproché par le Fichier national automatisé des empreintes génétiques (FNAEG) en 2010 de celui d'Éric G., condamné quelques années plus tard à la réclusion criminelle à perpétuité .

Ces évolutions, conjuguées à l'allongement de l'espérance de vie et à la modification des valeurs protégées socialement, expliquent que la société, le juge et le législateur « admet[tent] moins qu'auparavant l'oubli des infractions passées », en tout cas un oubli trop rapide, en particulier pour les infractions les plus graves. Sans être totalement condamnée, la prescription semble de plus en plus perçue « comme un abandon par la justice de ses devoirs, un signe d'indifférence, le déni d'une reconnaissance des victimes, un manquement à un devoir de mémoire ».

Pour la Conférence nationale des procureurs généraux, « la force des fondements historiques, moraliste et social, du principe de prescription s'est sans doute atténuée », générant, d'après le premier président de la Cour de cassation, M. Bertrand Louvel, « le sentiment d'un divorce entre cette institution permettant au délinquant d'échapper à une poursuite ou à sa peine, et l'honnête homme chez qui la prescription paraît heurter le sens inné d'une justice voulant que le coupable réponde de ses actes ».

Les infractions imprescriptibles

La première des exceptions aux règles de droit commun de la prescription et, davantage encore, au principe même de la prescription, réside dans la reconnaissance de crimes imprescriptibles.

C'est la loi n°64-1326 du 26 décembre 1964 tendant à constater l'imprescriptibilité des crimes contre l'humanité qui, la première, introduisit ce principe dans notre *corpus* législatif. Son article unique disposait ainsi que « les crimes contre l'humanité, tels qu'ils sont définis par la résolution des Nations unies du 13 février 1946, prenant acte de la définition des crimes contre l'humanité, telle qu'elle figure dans la charte du Tribunal international du 8 août 1945, sont imprescriptibles par leur nature ». Rappelons que d'après la Cour de cassation, « la loi du 26 décembre 1964, en "constatant l'imprescriptibilité des crimes contre l'humanité", s'est bornée à confirmer qu'était déjà acquise en droit interne, par l'effet des accords internationaux auxquels la France avait adhéré, l'intégration "à la fois de l'incrimination (…) et de l'imprescriptibilité de ces faits" ».

Désormais, le premier alinéa de l'article 7 du Code de procédure pénale précise que la règle selon laquelle l'action publique des crimes se prescrit par dix années révolues s'applique sous réserve de l'article 213-5 du Code pénal, aux termes duquel l'action publique comme les peines des crimes contre l'humanité, réprimés par le sous-titre I du titre I du livre II du Code pénal, sont imprescriptibles. De manière notable et comme le faisaient remarquer fort justement les rapporteurs de la mission d'information sénatoriale sur le régime des prescriptions civiles et pénales, l'article 213-5 ne renvoie pas, à l'inverse de la loi du 26 décembre 1964, « à la définition retenue dans la charte du tribunal international du 8 août 1945 afin de marquer sans ambiguïté que le "droit de Nuremberg" est "un droit du passé comme un droit de l'avenir, c'est un droit naturel qui possède la dimension spatio-temporelle d'un droit international universellement reconnu, à la mesure des crimes dont il assure la protection" ».

En l'état actuel du droit, sont des crimes contre l'humanité :

- le génocide, que l'article 211-1 du Code pénal définit comme « le fait, en exécution d'un plan concerté tendant à la destruction totale ou partielle d'un groupe national, ethnique, racial ou religieux, ou d'un groupe déterminé à partir de tout autre critère arbitraire, de commettre ou de faire commettre, à l'encontre de membres de ce groupe », l'un des actes suivants :

  – atteinte volontaire à la vie ;
  – atteinte grave à l'intégrité physique ou psychique ;
  – soumission à des conditions d'existence de nature à entraîner la destruction totale ou partielle du groupe ;
  – mesures visant à entraver les naissances ;
  – transfert forcé d'enfants. ;

- la provocation publique et directe, par tous moyens, à commettre un génocide, prévue à l'article 211-2, lorsqu'elle a été suivie d'effet ;

- les actes mentionnés à l'article 212-1 commis en exécution d'un plan concerté à l'encontre d'un groupe de population civile dans le cadre d'une attaque généralisée ou systématique, à savoir :

  1° L'atteinte volontaire à la vie ;
  2° L'extermination ;

3° La réduction en esclavage ;
4° La déportation ou le transfert forcé de population ;
5° L'emprisonnement ou toute autre forme de privation grave de liberté physique en violation des dispositions fondamentales du droit international ;
6° La torture ;
7° Le viol, la prostitution forcée, la grossesse forcée, la stérilisation forcée ou toute autre forme de violence sexuelle de gravité comparable ;
8° La persécution de tout groupe ou de toute collectivité identifiable pour des motifs d'ordre politique, racial, national, ethnique, culturel, religieux ou sexiste ou en fonction d'autres critères universellement reconnus comme inadmissibles en droit international ;
9° La disparition forcée ;
10° Les actes de ségrégation commis dans le cadre d'un régime institutionnalisé d'oppression systématique et de domination d'un groupe racial sur tout autre groupe racial ou tous autres groupes raciaux et dans l'intention de maintenir ce régime ;
11° Les autres actes inhumains de caractère analogue causant intentionnellement de grandes souffrances ou des atteintes graves à l'intégrité physique ou psychique. » ;

- les actes visés à l'article 212-1 « lorsqu'ils sont commis en temps de guerre en exécution d'un plan concerté contre ceux qui combattent le système idéologique au nom duquel sont perpétrés des crimes contre l'humanité », en application de l'article 212-2 ;

- la participation « à un groupement formé ou à une entente établie en vue de la préparation, caractérisée par un ou plusieurs faits matériels, de l'un des crimes définis par les articles 211-1, 212-1 et 212-2 », en application de l'article 212-3.

Annexe 3

De graves conséquences sur la santé des victimes* d'abus sexuels

Extraits du rapport de l'association Mémoire traumatique et victimologie. Enquête dirigée par Muriel Salmona, psychiatre-psychotraumatologue, mars 2014.

Le risque de développer un état de stress post-traumatique est particulièrement élevé dans le cas de violences sexuelles, et plus encore en cas de viol, d'inceste et de violences sexuelles ayant eu lieu dans l'enfance. 80 % d'états de stress post-traumatique ont été recensés en cas de viol contre 24 % pour l'ensemble des traumatismes, ce taux approchant les 87 % en cas de violences sexuelles ayant eu lieu dans l'enfance. Dans les cas de violences sexuelles incestueuses imposées dans l'enfance ce taux peut même atteindre 100 %. Suite au trauma, les victimes développent une mémoire traumatique, véritable torture qui leur fait revivre sans fin les violences dans un état de stress extrême. Pour y échapper, leur seul recours est de mettre en place des stratégies de survie (conduites d'évitement et conduites dissociantes anesthésiantes) extrêmement coûteuses pour leur santé et leur qualité de vie, et pouvant même impliquer un risque vital.

Plus les violences sexuelles ont lieu tôt dans la vie et plus les conséquences sur la santé sont lourdes : avoir subi des violences dans l'enfance est un des déterminants principaux de l'état de santé même 50 ans après. C'est un important facteur de risque de présenter de nombreuses pathologies psychiatriques, cardio-vasculaires, pulmonaires, endocriniennes, auto-immunes et neurologiques ainsi que des douleurs chroniques et des troubles du sommeil. Des études scientifiques ont par ailleurs démontré que les violences sexuelles entraînent des atteintes neurologiques ainsi que des altérations épigénétiques pouvant être transmises à la génération suivante. Toutes ces conséquences ne sont pas irrémédiables, des soins adaptés permettent de les traiter.

Sans grande surprise, l'impact des violences sur la santé mentale est considéré comme important par une écrasante majorité de victimes. Il est déclaré encore plus important par les victimes de viol ou d'inceste et deux tiers des répondant·e·s ayant subi des viols en situation d'inceste estiment qu'il a été très important. De même, plus les violences ont eu lieu tôt et plus l'impact a été important : 66 % des victimes ayant vécu les premières violences avant l'âge de 6 ans considèrent que l'impact sur leur santé mentale a été très important, contre 45 % de celles qui les ont vécues entre 15 et 17 ans.

**Définition du terme « victime »*

Le mot « victime » est fréquemment employé dans le texte ci-dessus pour désigner des personnes ayant subi des violences sexuelles. Or, ce terme a mauvaise presse et certaines personnes voient dans son utilisation une forme d'insulte où le statut de victime deviendrait un trait de caractère, comme si les victimes n'étaient pas victimes de faits mais victimes par nature, par essence. C'est pourquoi nous avons jugé important de définir clairement ce que signifie le mot « victime » dans cet avertissement.

Le Code pénal français ne reconnaît pas la notion de victime, ni ne la définit contrairement au droit international, mais les juristes, les criminologues et les sociologues s'accordent pour en donner la définition suivante proche de celle du droit international :

La victime est la personne qui subit personnellement et directement un préjudice (dommage subi) physique, moral ou matériel, du fait d'une infraction pénale, par opposition à celui qui le cause : l'auteur·e.

En matière de droit international, la résolution n°40-34 de l'Assemblée générale de l'ONU du 29 novembre 1985, définit les victimes comme :

« Des personnes qui, individuellement ou collectivement, ont subi un préjudice, notamment une atteinte à leur intégrité physique ou mentale, une souffrance morale, une perte matérielle, ou une atteinte grave à leurs droits fondamentaux, en raison d'actes ou d'omissions qui enfreignent les lois pénales dans un État-membre, y compris celles qui proscrivent les abus criminels de pouvoir, c'est-à-dire qui ne constituent pas encore une violation de la législation pénale nationale, mais qui représentent des violations des normes internationales reconnues en matière de droits de l'Homme. (…) Une personne peut être considérée comme "victime", dans le cadre de la présente Déclaration, que l'auteur soit ou non identifié, arrêté, poursuivi ou déclaré coupable, et quels que soient ses liens de parenté avec la victime. »

On ne naît pas victime, on n'est pas victime par essence, on l'est du fait d'actes répréhensibles commis par un·e auteur·e à un ou des moments précis de son histoire, le ou les actes pouvant être uniques ou répétés et s'inscrire dans la durée.

On ne se « victimise » pas, on ne « se fait » pas harceler, agresser ou violer, on est harcelé, battu, agressé ou violé par un·e ou des auteur·e·s qui commettent ces actes répréhensibles par la loi. C'est l'auteur·e qui transforme une personne en victime par un ou des actes répréhensibles par la loi, c'est l'auteur·e qui est responsable du statut de victime d'une personne et non l'inverse. La notion d'actes répréhensibles est essentielle, elle permet d'éviter des amalgames et des manipulations inversant la culpabilité : on n'est pas victime de situations que l'on considère comme frustrantes, contrariantes, agaçantes, excitantes…

Être victime est un état, un statut dépendant d'une situation définie par rapport à un fait précis, commis par un·e ou des auteur·e·s et reliée à un contexte historique précis. On ne naît pas victime, on le devient en raison d'actes commis par une ou des personnes, ces actes étant des infractions portant atteinte à l'intégrité physique ou morale.

Même si les faits de violences prennent fin ou s'ils se sont produits par le passé, on reste victime de ces faits, ce sont des faits qui appartiennent à notre histoire, cela ne peut pas s'effacer, que l'on soit reconnu·e en tant que victime, réparé·e, soigné·e ou non, que l'auteur·e soit identifié·e, jugé·e ou non. Mais si on a été reconnu·e, protégé·e, accompagné·e, soigné·e, on peut se libérer d'un sentiment de peur, d'injustice, d'abandon, de solitude, on peut ne plus en souffrir autant, on peut ne plus avoir de troubles psychotraumatiques et on peut ne plus revivre sans fin les violences à l'identique, la mémoire traumatique des violences ayant été traitée et intégrée en mémoire autobiographique.

Annexe 4

Conséquences à l'âge adulte de l'agression sexuelle vécue dans l'enfance

Extraits d'expertises de l'Institut national de santé publique du Québec, 2016.

Les conséquences de l'agression sexuelle pendant l'enfance peuvent perdurer, mais aussi évoluer vers d'autres formes à l'âge adulte, pouvant aussi affecter les sphères conjugale et parentale.

CONSÉQUENCES POSSIBLES À L'ÂGE ADULTE DE L'AGRESSION SEXUELLE VÉCUE DANS L'ENFANCE	
Santé sexuelle et physique	Problèmes somatiques Habitudes de vie à risque (exemples : tabagisme, usage d'alcool et de drogue) Moins bonne santé physique Moins bonne perception de la santé physique Consultations médicales plus fréquentes Invalidité professionnelle Maladies chroniques Douleurs chroniques Comportements sexuels à risque (rapports sexuels non-protégés, partenaires sexuels multiples, etc.) Complications gynécologiques et périnatales Problèmes sexuels (exemples : dyspareunie, vaginisme chez la femme) Plus grand risque de VIH et ITSS (infections transmises sexuellement et par le sang)
Psychologique	Problèmes de santé mentale (dépression, troubles de personnalité, troubles psychotiques, trouble panique, etc.) Détresse psychologique Dissociation Symptômes de stress post-traumatique Anxiété Automutilation Idéations suicidaires, tentatives de suicide et suicide complété Abus de drogue et d'alcool

Relationnel et conjugal	**Moins de confiance envers les autres Difficultés d'attachement Plus de conflits familiaux et personnels Isolement Craintes de l'intimité Insatisfaction conjugale Stabilité plus faible auprès des partenaires Conflits conjugaux Violence conjugale**
Parental*	**Style parental permissif Stress parental Parentification de l'enfant Difficultés relationnelles avec l'enfant**
Période périnatale	**Maternité précoce Réactivation des symptômes de stress post-traumatique (grossesse, accouchement, allaitement) Gestation plus courte Dépression post-partum**

**Les études ont surtout porté sur les mères victimes d'agression sexuelle dans l'enfance.*

Agression sexuelle et santé mentale

Le fait d'avoir été victime d'agression sexuelle dans l'enfance a souvent été mis en lien avec un plus grand risque de développer des problèmes de santé mentale à l'âge adulte. Une étude ayant porté sur une cohorte de victimes d'agression sexuelle dans l'enfance et suivies sur une période de plus de 40 ans a montré que les femmes victimes d'agression sexuelle dans l'enfance avaient 7 fois plus de risque d'avoir eu un diagnostic d'état de stress post-traumatique, près de 9 fois plus de risque d'avoir eu un trouble d'abus de substances (alcool et drogues) et près de 8,5 fois plus de risque d'avoir reçu un diagnostic de trouble de personnalité limite que les femmes n'en ayant pas été victimes.

Annexe 5

Peut-on en finir avec l'impunité ?

Extraits de l'émission de France Culture « Avec Philosophie » du 3 octobre 2022.

Propos de Catherine Le Magueresse, juriste et ancienne présidente de l'Association européenne contre les violences faites aux femmes au travail, chercheuse associée à l'IS-JPS (Panthéon-Sorbonne)

95 000 viols par an, environ 1 000 condamnations par un. 1 % des viols sont condamnés, ce sont les chiffres que l'on trouve sur le site du ministère de l'Intérieur (chiffres Infostat).

(…) Adoptons l'imprescriptibilité. Car quels sont les arguments contre l'imprescriptibilité ? Il y a la paix sociale. Une notion du XIXe siècle. On sait aujourd'hui que la paix sociale n'existe pas pour les victimes de violences sexuelles. Donc on ne peut pas le retenir comme un argument. Quant au dépérissement de la preuve, n'infantilisons pas les victimes, elles savent que si elles déposent plainte très longtemps après les faits, le risque sera grand de ne pas avoir la preuve. (…) J'ajoute que l'imprescriptibilité c'est quelque chose qui est conventionnel au regard du droit européen et que de nombreux pays l'ont adopté. La Finlande, la Grande-Bretagne, pas de prescription pour les infractions qui sont poursuivies par la Couronne, les Pays-Bas, pas de prescription pour le viol, la Hongrie, pas de prescription pour les violences sexuelles commises contre les mineurs, la Suède pas de prescription pour les viols, de mêmepour dix-huit États aux États-Unis. Et on a une décision très importante rendue par la Cour constitutionnelle belge, puisque la Belgique a adopté une loi déclarant les violences contre les mineurs imprescriptibles, et la Cour constitutionnelle a été saisie notamment par des magistrats et elle dit très clairement, compte tenu de, je cite, "la vulnérabilité et de la catégorie des victimes visées, les objectifs poursuivis, notamment en vue d'offrir à ces victimes l'accès à un tribunal, nonobstant l'écoulement du temps, sont légitimes". Donc on a en droit les outils pour défendre une imprescriptibilité des violences sexuelles ou des violences contre les personnes d'une façon générale.

Annexe 6

Extraits du Manifeste pour l'imprescriptibilité des crimes sexuels et une interruption de la prescription en cas de crimes en série et d'amnésie traumatique

Muriel Salmona, psychiatre-psychothérapeute spécialisée en psychotraumatologie

Nous demandons une imprescriptibilité des crimes sexuels et des délits sexuels aggravés, et une interruption de la prescription dans les cas suivants :

- Pour les crimes et délits sexuels aggravés commis sur des mineurs en cas de commission par leur auteur d'un même crime ou d'un même délit sexuel aggravé contre d'autres mineurs (dès lors que ce même crime ou ce même délit sexuel aggravé contre d'autres mineurs est commis avant la prescription du premier) ;

- Lors d'une amnésie traumatique ou de troubles psychotraumatiques dont une expertise ordonnée par un magistrat aura apprécié si elle/ils constitue·nt un obstacle de fait insurmontable rendant impossible la mise en mouvement ou l'exercice de l'action publique, en application de l'article 9-3.

L'immense majorité des enfants victimes de crimes sexuels et délits sexuels aggravés restent abandonnés, sans protection ni soins, à devoir survivre seuls face aux violences et aux conséquences psychotraumatiques catastrophiques de celles-ci sur leur vie et leur santé.

Ces crimes sexuels et ces délits sexuels aggravés, malgré leur ampleur et leur gravité, restent presque tous impunis mettant ainsi en danger des générations d'enfants. La prescription, en empêchant d'instruire des crimes sexuels et de les juger, participe à cette impunité et à cette mise en danger des enfants et de la société dans son ensemble.

La prescription est particulièrement injuste pour les victimes de viols et de délits sexuels aggravé·s dans l'enfance, la grande majorité des enfants victimes, étant du fait de leur immaturité, de leur grande vulnérabilité, de leur dépendance et de l'intensité de leurs traumatismes, dans l'incapacité de révéler les viols avant de nombreuses années, et même avant des dizaines d'années. Dans notre enquête conduite par Ipsos en 2019 sur les violences sexuelles dans l'enfance, les enfants victimes de viols sont 69 % à parler (le plus souvent à quelqu'un de leur entourage proche) et ils mettent en moyenne 14 ans avant de pouvoir le faire, et plus de 25 ans pour ceux qui étaient âgés de moins de 10 ans au moment des viols. Mais parler n'est ni synonyme d'être protégés ni d'être soutenus pour porter plainte. En effet, quand les victimes arrivent enfin à parler, dans 75 % des cas cela n'a aucun effet, et seules 8 % des victimes ont été protégées, l'agresseur n'est éloigné de la victime que dans 6 % des cas. Un quart des victimes côtoie encore l'agresseur et près d'une victime sur dix le croise régulièrement[1]. Et pour porter plainte, il leur faut encore beaucoup de temps pour en avoir la force et trouver toutes les aides et la prise en charge nécessaires pour y arriver.

Cette prescription est d'autant plus cruelle et injuste que notre société ne laisse que peu de chance aux enfants victimes d'avoir accès à la justice en ne leur offrant pas de protection efficace. 83 % d'entre eux disent n'avoir jamais été ni protégés, ni reconnus, et très peu ont été pris en charge par des spécialistes pour soigner leurs graves traumatismes et pour les soutenir socialement. Les professionnels de la santé et du secteur social et éducatif restent encore très

1. Source : MTV/Ipsos, 2019

peu formés à la prise en charge des enfants victimes de violences, et aux psychotraumatismes. De ce fait, ils n'assurent que très peu de dépistage, de signalements (5 % seulement des signalements sont faits par des professionnels de la santé, alors qu'ils sont en première ligne pour dépister les enfants traumatisés par des violences), d'accompagnements et de soins adaptés. 79 % des professionnels de la santé ne font pas le lien entre les violences subies dans l'enfance (avec le traumatisme que cela a engendré) et leur état de santé, et seules 23 % des victimes de viol ont bénéficié d'une prise en charge médico-psychologique spécialisée[1].

La situation actuelle avec la loi du 3 août 2018 qui a allongé les délais de prescription des crimes sexuels sur les mineur·e·s de 20 à 30 ans après la majorité est insuffisante. Elle ne concerne pas les délits sexuels aggravés qui restent prescrits 20 ans après la majorité. Elle laisse sur le carreau, avec un fort sentiment d'injustice, une grande quantité de victimes qui ne pourront pas avoir recours à la justice pénale puisqu'elle est non rétroactive pour les crimes déjà prescrits. Un pédocriminel ayant sévi de nombreuses années avec beaucoup de victimes sur lesquelles il aura commis les mêmes crimes, ne sera jugé que sur les faits non prescrits. De ce fait, certaines victimes pourront accéder au procès et d'autres pas, quand bien même elles

1. Source : MTV/Ipsos, 2019

auront été à l'origine de l'arrestation du pédocriminel en ayant eu le courage de le dénoncer, comme cela a été le cas pour la championne de tennis Isabelle Demongeot avec l'entraîneur De Camaret. Le procès aux assises de Le Scouarnec en mars 2020 laisse sur le carreau une des nièces, et le prochain procès va laisser sur le carreau de nombreuses victimes sur les 349 du fait de la prescription. Des victimes ne pouvaient absolument pas porter plainte avant car elles étaient dans l'incapacité de se souvenir des faits, soit parce qu'ils ont été commis lors de leur anesthésie, soit parce que les victimes ont développé comme il est fréquent de le constater, des amnésies traumatiques, qui pour certaines durent encore, ou bien parce qu'ils n'en avaient pas la force du fait de l'impact des violences sur leur santé, ou n'avaient pas la capacité d'identifier les faits que le contexte des soins rendaient très confus et incompréhensibles malgré des symptômes importants mais très difficiles à mettre en lien avec ce qui s'était passé, soit parce qu'ils étaient très traumatisés, anesthésiés par un état de dissociation traumatique ou dans des conduites d'évitement envahissantes. Comment la prescription peut-elle être justifiable dans ces cas ? Aucun des arguments qui nous sont habituellement opposés ne peut tenir comme le droit à l'oubli ou le dépérissement des preuves, et même le fait de vouloir réserver l'imprescriptibilité aux crimes contre l'humanité. Comment une telle atteinte criminelle sur autant d'enfants ne constituerait-elle pas un crime contre l'humanité par son caractère massif et systémique, cruel et inhumain, et ses conséquences à long termes touchant plusieurs générations d'enfants ? Il est important de rappeler que, même lorsqu'il n'y a pas plusieurs victimes, le dépérissement des preuves ne peut être considéré comme un fait, le temps étant plutôt un facteur qui permet aux victimes de sortir de leur amnésie traumatique, d'être mieux protégées, de mieux comprendre et d'analyser ce qui leur est arrivé. La mémoire traumatique des violences peut être analysée de façon très précise et fournir de nombreux indices sur les violences et leurs contextes qui permettront de corroborer les faits ou qui permettront de constituer des faisceaux d'indices suffisamment graves et concordants pour qualifier les faits. De nombreux viols sur mineurs sont signalés très rapidement et n'en sont pas moins classés sans suite, faute de preuves considérées comme suffisantes. Il est à rappeler que 74 % des plaintes de viols sur mineurs sont classées sans suite ![1] Comment cette atteinte aux droits de ces victimes est-elle encore tolérable ?

Les enfants subissent donc une perte de chances très importante et une triple peine : être victime de violences sexuelles particulièrement graves et traumatisantes, ne pas être secourus et ne pas être

1. Source : Info Stat Justice, 2018

pris en charge, ne pas accéder à la justice et à des réparations.

Ne pas porter plainte dans les temps impartis n'est pas lié à un choix, mais à une situation subie, parce que les enfants sont des victimes particulièrement vulnérables de violences sexuelles extrêmement traumatisantes, et à une situation contrainte par la défaillance d'un État qui ne respecte pas ses obligations (de prévenir et de punir ces crimes, quel qu'en soit l'auteur), incapable de préserver les droits fondamentaux à la sécurité et à la préservation de l'intégrité physique et mentale des enfants.

Être en capacité de porter plainte avant que les crimes sexuels et les délits sexuels ne soient prescrits est, pour nombre d'enfants victimes, impossible en raison :

- du statut même de l'enfant, de son jeune âge, de son immaturité qu'elle soit intellectuelle, affective, émotionnelle ou physique (ils ont en moyenne 10 ans lors des viols), des liens familiaux, d'autorité et affectifs avec leurs agresseurs (des proches dans 94 % des cas, et dans plus de 50 % des cas des membres de leur famille), liens qui font qu'ils sont à la totale merci des adultes, soumis à leur pouvoir, sans défense face à des rapports de force, des abus d'autorité, des manipulations qui leur imposent d'obéir, les culpabilisent et les réduisent au silence. Les enfants sont totalement piégés dans des rapports de dépendance affective, de loyauté imposée et d'emprise. Les enfants n'ont pas les représentations, les connaissances nécessaires, ni l'expérience leur permettant d'analyser et de comprendre ce qui leur arrive. Les enfants mettront d'autant plus de temps à dénoncer ces crimes sexuels et délits sexuels, aggravés lorsque ceux-ci sont incestueux, sont des viols, se sont produits très tôt, avant dix ans, et pendant une longue période ;

- du caractère particulièrement traumatisant des violences sexuelles faites aux enfants, en effet les violences sexuelles font partie avec la torture, des violences les plus traumatisantes. Le cerveau des enfants est extrêmement vulnérable aux violences et au stress qu'elles engendrent, avec des mécanismes psychotraumatiques neurobiologiques universels de survie qui vont s'installer à long terme en générant deux symptômes principaux une mémoire traumatique et une dissociation traumatique à l'origine d'amnésies fréquentes qui vont être des obstacles majeurs pour révéler les viols.

La mémoire traumatique, mémoire émotionnelle non intégrée au moment du trauma, leur fait revivre lors de flash-backs et de réminiscences à l'identique les violences sexuelles avec les mêmes émotions et les mêmes sensations aussitôt qu'un lien, un mot, une pensée, une sensation, un contexte ou une confrontation à l'agresseur rappelle les violences. Sans prise en charge spécialisée, en parler est une torture et traumatise à nouveau la victime.

La dissociation traumatique tant qu'ils restent en danger (à subir des violences ou à être en contact avec leurs agresseurs ou ceux qui les protègent) les anesthésient créant une déconnexion et un seuil de tolérance élevé face aux situations intolérables qu'ils subissent et de fréquentes amnésies traumatiques dissociatives. 40 % des enfants victimes de violences sexuelles ont des périodes d'amnésies, 47 % lorsqu'ils ont subi un viol, 52 % lorsque les violences étaient incestueuses et 61 % lorsqu'ils avaient moins de dix ans. Dans la grande majorité des cas, cette période d'amnésie dure plus d'un an, et, pour un tiers d'entre eux, elle dure plus de 20 ans[1], elle peut même durer plus de 40 ans[2].

Ne pas tout faire pour protéger et soigner les enfants victimes de ces crimes sexuels et délits sexuels aggravés est inhumain et d'une grande cruauté. Cela représente une atteinte gravissime à leurs droits et une perte de chance intolérable. Laisser commettre ces crimes et ces délits dans des proportions aussi importantes et

1. Source : MTV/Ipsos, 2019

2. Source : IVSEA, 2015

en toute impunité est d'une grande injustice pour ces enfants et pour tous les adultes qu'ils deviendront, et représente également une mise en danger pour tous les enfants. La société entière est concernée et se retrouve en danger.

Pour toutes les raisons que nous venons de développer l'imprescriptibilité des crimes sexuels est nécessaire d'autant plus :

- que lors de notre sondage conduit par Ipsos en 2018, 70 % des Français·es se déclaraient favorables à l'imprescriptibilité des crimes sexuels commis sur les enfants ;
- qu'en Belgique, l'imprescriptibilité des crimes sexuels sur mineurs vient d'être approuvée le 7 novembre 2019 par la Chambre belge (rejoignant en cela la Suisse, la Grande-Bretagne et les Pays-Bas) ;
- que nous sommes confrontés à de nombreux scandales pédocriminels particulièrement choquants (comme ceux concernant le monde du sport, l'écrivain Matzneff, le chirurgien Le Scouarnec…) et que la plupart de ces crimes sexuels, que les victimes ont enfin pu révéler ou dont elles ont pris connaissance, sont prescrits, les empêchant d'aller en justice. Alors que d'autres victimes des mêmes pédocriminels, ayant subi les mêmes crimes mais n'étant pas prescrits, peuvent accéder à une procédure judiciaire ;

- que les crimes sexuels commis sur les mineur.e.s ,en temps de guerre comme en temps de paix, sont de graves atteintes à la dignité humaine et à l'intégrité mentale et physique des victimes et sont reconnus par le droit international comme des crimes de premier ordre, et des traitements cruels, dégradants et inhumains, voire de plus en plus comme des tortures que les États ont la responsabilité et l'obligation de prévenir et de punir, quel qu'en soit l'auteur ;
- que nous connaissons l'ampleur effarante de cette pédocriminalité : les enquêtes de victimation montrent que les enfants sont les principales victimes de viols, dans le monde une fille sur cinq et un garçon sur treize ont subi des violences sexuelles, en France, chaque année au moins 130 000 filles et 35 000 garçons subissent des viols et des tentatives de viols, 81 % des violences sexuelles ont débuté avant 18 ans, 51 % avant 11 ans, 21 % avant 6 ans, et plus de 60 % des viols sont commis sur des mineur·e·s, l'âge moyen des victimes mineures étant de 10 ans, 94 % des agresseurs sont des proches, et plus de la moitié des viols sont incestueux, avant 15 ans pour 80 % d'entre eux sont commis dans le cadre du milieu familial[1]. Ces crimes sont également des crimes machistes (dans 90 % des cas les hommes en sont

1. Sources : Virage, 2017 ; MTV/Ipsos, 2019 ; IVSEA, 2015, CSF, 2008

les auteurs) et parmi les enfants victimes de viols 80 % sont des filles, ils s'exercent dans des cadres de domination d'inégalité entre les hommes et les femmes, entre les adultes et les enfants, sur les personnes les plus vulnérables et les plus discriminées (les enfants en situation d'handicap en sont 4 à 5 fois plus victimes), qui font de ces crimes de graves atteintes à l'égalité. Ces crimes sexuels font partis d'un *continuum* de violences sexuelles que les femmes subissent tout au long de leur vie, dès leur plus jeune âge ;

- que ces crimes sexuels font partie des traumatismes les plus graves que l'on puisse subir, et dont nous connaissons la gravité des conséquences psychotraumatiques sur la vie et la santé mentale et physique des victimes à long terme qui en font un problème majeur humain, de société et de santé publique (plus de 55 % des victimes ont souffert d'épisodes dépressifs et de troubles anxieux, près de 50 % ont fait des tentatives de suicides, plus de 50 % ont présenté des troubles alimentaires, plus d'un tiers des conduites addictives, 50 % ont eu des périodes de grandes précarités) ;
- que ces crimes extrêmement traumatisants sont à l'origine d'amnésies traumatiques dissociatives fréquentes : 40 % des victimes ont des amnésies complètes, quand elles ont subi un viol elles sont 47 % à déclarer avoir eu une amnésie, 52 % quand

les violences étaient incestueuses et 61 % quand ils avaient moins de dix ans. Dans la grande majorité des cas cette période d'amnésie a duré plus d'un an, et pour un tiers d'entre elles cela a duré plus de 20 ans[1] et peut durer plus de 40 ans[2].

- que nous savons qu'un fort pourcentage de pédocriminels en série sévissent en toute impunité pendant des années, voire des dizaines d'années, en faisant de nombreux enfants victimes sur plusieurs générations parmi leur entourage, dans leur famille, les institutions, à leur travail, à l'étranger… ;

Que ces crimes sexuels restent, dans leur très grande majorité, impunis. L'absence de protection, le déni, la loi du silence et la culture du viol règnent en maîtres : les enquêtes de victimation, les statistiques de la justice ou les affaires pédocriminelles en cours, montrent toutes à quel point les violences sexuelles sont fréquentes et impunies, et à quel point les enfants victimes de viols ne sont pas protégés, réduits au silence (ils mettent plus de 14 ans en moyenne à pouvoir parler), à devoir organiser seuls leur survie (83% déclarent n'avoir jamais été reconnus ni protégés). L'impunité est la règle (seuls 4 % des viols commis

1. Source : MTV/Ipsos, 2019
2. Source : IVSEA, 2015

sur des mineur·e·s font l'objet de plaintes, 74 % des plaintes sont classées sans suite, seules 10 % seront jugés aux assises, soit 0,4 % de l'ensemble des crimes sexuels commis sur des mineur·e·s). Nombreux sont les pédocriminels qui bénéficient, pendant de longues années, d'une incroyable protection et d'une grande tolérance, quand ce n'est pas d'une complicité choquante.

Traumatismes majeurs, déni, loi du silence et révélations très tardives sont des spécificités de ces crimes sexuels commis sur les enfants, spécificités qui rendent d'autant plus nécessaires des mesures dérogatoires quant à la prescription.

Depuis le lancement en octobre 2016 de notre Manifeste pour l'imprescriptibilité des crimes sexuels, co-signé par 26 associations, les temps ont changé.

La déferlante du mouvement internationale #MeToo qui a démarré en octobre 2017 a changé la donne, l'époque du déni tout puissant, de la loi du silence et de la tolérance face à ces crimes est révolu. Alors que dans un bruit de fond qui rendait nos voix peu audibles, nous peinions pour que nos revendications soient prises en compte face à l'ampleur et l'extrême gravité des violences sexuelles commises sur les enfants et l'urgence d'agir, malgré nombre de scandales, malgré les témoignages bouleversants de victimes, malgré l'impact de remarquables ouvrages, documentaires ou films, alors que le déni, l'impunité et les injustices continuaient à faire rage, soudain une brèche s'est enfin ouverte ! Le voile épais et opaque qui recouvrait ces violences a commencé à se déchirer. En donnant la parole forte et puissante aux victimes, comme jamais cela n'avait été le cas auparavant, #MeToo a pu renverser un rapport de force et faire contre poids face à la parole dominante et mystificatrice des agresseurs et de leurs complices.

Et depuis, cette parole ne faiblit pas, elle continue à déferler par vagues successives, que rien n'arrête. De nombreuses révélations, témoignages et scandales nationaux et internationaux ont continué à l'alimenter. Elle s'est incarnée dans des milliers, des centaines de milliers, des millions de victimes. Et elle a donné chair et vie à tout ce que nous n'arrêtions pas de dénoncer ou de vouloir faire enfin reconnaître : les chiffres de victimation, la réalité de leur contexte, le jeune âge et la vulnérabilité des victimes, l'horreur des violences subies dans le huis clos des familles et des institutions, les tortures, l'emprise, les souffrances ignorées, les psychotraumatismes, leurs mécanismes et leurs conséquences méconnus, la cruauté de l'absence de protection et de soins, les vies fracassées, le déni, la loi du silence, la complicité, la lâcheté, l'impunité et les injustices inconcevables subies par les victimes.

Dans ce contexte, la mobilisation internationale est restée élevée à tous les niveaux, particulièrement sur les réseaux sociaux qui sont une caisse de résonance incroyable. Nous avons lancé en octobre 2017 le Manifeste contre l'impunité co-signé par 29 associations et plus de 102 000 signataires. Nous avons été reçus par la secrétaire d'État à l'Égalité entre les femmes et les hommes. La lutte contre les violences sexuelle et sexistes a été déclarée grande cause nationale par le président de la République, avec l'élaboration d'une loi de renforcement de la lutte contre les violences sexuelles et sexistes. À l'international, des signes forts ont été donnés avec la création en 2018 d'une chaire internationale à Liège, en Belgique, de lutte contre les violences sexuelles faites aux femmes et aux filles en situation de conflits.

Ceci s'inscrit dans la foulée de l'attribution du Prix Nobel de la paix en 2018, remis conjointement au Congolais Denis Mukwege et à l'Irakienne Nadia Murad. Depuis des années, Denis Mukwege est un chirurgien congolais qui « répare » les femmes et les filles victimes de viols. Ancienne victime de Daesh, l'Irakienne Nadia Murad est devenue la porte-parole de toutes les victimes, ce qui leur a permis de défendre au plus haut niveau à l'ONU la cause des victimes de viols.

Dans ce contexte, la question du délai de prescription des crimes sexuels commis sur les mineur·e·s a été à plusieurs reprises débattue par la mission de consensus sur le délai de prescription applicable aux crimes sexuels commis sur les mineur·e·s présidée par Mme Flavie Flament et le magistrat Jacques Calmette début 2017, puis lors du vote de la proposition de loi, dite loi Schiappa de lutte contre les violences sexuelles et sexistes votée le 3 août 2018.

Dans son rapport rendu le 10 avril 2017, la mission de consensus sur le délai de prescription applicable aux crimes sexuels commis sur les mineur·e·s a proposé en raison de la gravité et la spécificité des crimes sexuels commis sur les mineur·e·s qui rend la révélation de ces crimes très tardive (du fait de la fréquence des crimes incestueux, de phénomènes de l'emprise, de conflits de loyauté, de la honte et des phénomènes d'amnésie traumatique) la nécessité d'une mesure dérogatoire avec un allongement du délai de prescription de l'action publique à 30 ans, avec un départ de ce délai à la majorité de la victime. Celle-ci pourrait donc porter plainte jusqu'à l'âge de 48 ans.

Par rapport à l'imprescriptibilité de ces crimes sexuels, la mission a considéré qu'elle présentait plusieurs intérêts en termes de protection des mineur·e·s, de prévention de la récidive et de réponse aux attentes de justice des victimes, de plus elle existe dans d'autres pays européens l'ont votée (Suisse, Grande-Bretagne, Pays-Bas, et récemment

Belgique) et la mission a souligné que l'imprescriptibilité des crimes ne se heurte à aucun obstacle juridique. En effet, le Conseil d'État, dans son avis du 1er octobre 2015, a rappelé que « le législateur dispose d'un large pouvoir d'appréciation pour décider du principe et des modalités de la prescription de l'action publique et de la peine », d'autant que « ni la Constitution, ni la Convention européenne des droits de l'homme, ne comportent de disposition expresse relative à la prescription en matière pénale ». Pour l'ensemble de ces raisons, la mission considère que l'imprescriptibilité est une solution qu'il convient de ne pas exclure par principe.

En 2018, dans le cadre de la loi dite Schiappa (de renforcement de la lutte contre les violences sexuelles et sexistes inscrite dans la grande cause nationale du quinquennat), nous avons été à plusieurs reprises auditionné·e·s par le gouvernement et par les parlementaires en demandant entre autres l'imprescriptibilité et l'extension de levée des possibilités de levée de prescription comme la reconnaissance par expertise de l'amnésie traumatique comme obstacle insurmontable et lors de crimes sexuels en série, ainsi qu'un seuil d'âge du non-consentement à 15 ans (demande soutenue au départ par le gouvernement) et à 18 ans en cas de violences sexuelles incestueuses ou de violences sexuelles commises par personne ayant autorité, ou de mineur·e·s handicapés, le gouvernement a fait une proposition de loi et les parlementaires ont proposé des amendements.

L'allongement du délai de prescription de l'action public pour les crimes sexuels commis sur les mineur·e·s à 30 ans a été voté le 3 août 2018 dans le cadre de la loi dite Schiappa. Contrairement à l'allongement à 20 ans de la loi Perben II de 2004, la loi Schiappa n'a pas inclus les délits sexuels aggravés sur mineurs, ce que nous déplorons. Ceux-ci restent avec une prescription de 20 ans après la majorité. Cela veut dire qu'en cas de correctionnalisation d'un viol lors d'une procédure judiciaire, les victimes perdront le bénéfice d'une prescription à 30 ans après la majorité. Rappelons que cet allongement n'est pas rétroactif et ne peut s'appliquer qu'aux viols qui n'étaient pas prescrits au moment du vote de la loi, c'est-à-dire aux victimes qui n'avaient pas encore 38 ans le 3 août 2018.

L'imprescriptibilité des crimes sexuels commis sur les mineur·e·s, proposée par des parlementaires, a été rejetée.

La levée de la prescription pour un crime sur mineur·e·s si un même crime a été commis sur un autre mineur·e par un même auteur, proposé par le gouvernement et voté en première lecture par le Sénat le 5 juillet 2018, n'a malheureusement pas été conservée par la Commission mixte paritaire et n'a donc pas été finalement votée.

De même, la reconnaissance par expertise de l'amnésie traumatique comme obstacle insurmontable permettant une levée de prescription votée par le Sénat en première lecture le 5 juillet 2020 n'a malheureusement pas été conservée par la Commission mixte paritaire et n'a donc pas été finalement votée.

L'imprescriptibilité des crimes sexuels et le seuil d'âge du non-consentement n'ont pas été votés, ni de façon totalement incompréhensible les levées de prescription pour les crimes sexuels en série et pour l'obstacle insurmontable lors d'amnésie traumatique. Seul l'allongement à 30 ans après la majorité du délai de prescription de l'action public pour les crimes sexuels commis sur les mineur·e·s a été obtenu, mais nous ne nous décourageons pas et nous continuons notre combat pour obtenir l'imprescriptibilité, les levées de prescription et le seuil d'âge du non-consentement.

Le mouvement international #MeToo de libération de la parole des victimes de violences sexuelles ne faiblit pas depuis octobre 2017. Des nombreuses affaires ont éclaté en France en vagues successives dans l'Église, les milieux du cinéma, du sport, du soin, des institutions… Des témoignages bouleversants ont été relayés et amplifiés comme ceux d'Adèle Haenel, Vanessa Springora ou Sarah

Abitbol qui ont subi des violences sexuelles alors qu'elles étaient mineures. les procès à venir, comme celui de Le Scouarnec, le chirurgien qui a fait au moins 349 enfants victimes, rendent ces revendications toujours plus actuelles et nécessaires puisque les victimes ont mis beaucoup d'années avant de pouvoir dénoncer les violences sexuelles qu'elles ont subies. Les agresseurs impunis ont bénéficié de protection et de complicités, ils ont pu continuer à agresser d'autres enfants. De nombreuses victimes ont eu des amnésies traumatiques, et certaines ne peuvent pas aller en justice en raison de la prescription, alors même que d'autres victimes des mêmes faits et du même agresseur peuvent y aller.

La prescription est une atteinte d'autant plus injustifiable aux droits de ces victimes de crimes et délits sexuels commis dans leur enfance, que ces violences sont extrêmement traumatisantes et sont reconnus au niveau du droit international comme des traitements cruels, dégradants et inhumains, et de plus en plus comme des tortures. La prescription est un facteur d'impunité et elle met potentiellement en danger tous les enfants et toute la société. Il est temps de protéger tous les enfants de la pédocriminalité.

Annexe 7

Les préconisations de la CIIVISE

Extrait de la synthèse du rapport de la CIIVISE (Commission indépendante sur l'inceste et les violences sexuelles faites aux enfants).

Le 21 septembre 2021, la Commission indépendante sur l'inceste et les violences sexuelles faites aux enfants a lancé son appel à témoignages à destination des femmes et des hommes qui ont été victimes de violences sexuelles dans leur enfance. Les plateformes téléphoniques confiées au Collectif féministe contre le viol et à SOS Kriz ont, dans les heures suivantes, reçu des centaines d'appels, certaines personnes disant : « J'ai attendu ce moment toute ma vie. »

En une année, 16 414 témoignages ont été recueillis par téléphone, par écrit, via le questionnaire en ligne sur le site internet de la commission, en audition à la CIIVISE ou dans les réunions publiques organisées chaque mois dans une ville de France. C'est un mouvement d'une ampleur exceptionnelle qui montre à quel point cet espace était nécessaire : un espace de reconnaissance, de solidarité entre les victimes, et de rencontre avec la société tout entière qui prend conscience de la gravité des violences sexuelles faites aux enfants, par le nombre de victimes et par les conséquences durables des traumatismes qu'elles subissent. Un an après le lancement de l'appel à témoignages, la CIIVISE se devait de restituer cette parole. L'analyse des questionnaires et des mails nous conduit aujourd'hui à insister sur les souffrances exprimées par les femmes et les hommes qui ont été victimes de violences sexuelles dans leur enfance. Des souffrances encore contemporaines et vives qui s'immiscent dans toutes les sphères de l'existence.

La réalité et la gravité de cette souffrance appellent une prise de conscience collective pour mettre en œuvre les mesures permettant de lutter contre l'impunité des agresseurs, de restaurer les victimes et de prévenir les violences sexuelles afin que les enfants puissent grandir en sécurité. C'est pourquoi, un an après le lancement de l'appel à témoignages, la CIIVISE demande que soient mises en œuvre les préconisations qu'elle a formulées le 31 mars 2022 dans ses conclusions intermédiaires. Ces vingt préconisations sont articulées sur quatre axes fondamentaux : le repérage, le traitement judiciaire, la réparation incluant le soin, et la prévention. Certaines d'entre elles impliquent l'allocation de moyens financiers supplémentaires. À l'approche des discussions budgétaires pour l'année 2023, la CIIVISE entend insister sur cinq d'entre elles :

Préconisation 1 : organiser le repérage systématique des violences sexuelles auprès de tous les enfants par tou·te·s les professionnel·le·s.

Préconisation 3 : créer une cellule de conseil et de soutien pour les professionnel·le·s destinataires de révélations de violences sexuelles de la part d'enfants.

Préconisation 9 : doter les services de police judiciaire spécialisés dans la cyber-pédocriminalité des moyens humains et matériels nécessaires.

Préconisation 15 : garantir des soins spécialisés en psychotraumatique aux enfants victimes de violences sexuelles et aux adultes qu'ils deviennent.

Préconisation 20 : organiser une grande campagne nationale sur les violences sexuelles faites aux enfants afin de faire connaître leurs manifestations et leurs conséquences sur les victimes, de faire connaître les recours possibles pour les victimes, de mobiliser les témoins en rappelant que ce sont des actes interdits par la loi et sanctionnés par le Code pénal.

Annexe 8

Extrait de la chanson *El milagro de la vida* (Le miracle de la vie), *Xuxa*

Si la vida es un milagro
(SI LA VIE EST UN MIRACLE)
Que nos inunda con su luz
(QUI NOUS INONDE DE SA LUMIÈRE)
Descubrí, bajito mío
(J'AI DÉCOUVERT MON PETIT)
Que el mayor milagro eres tú
(QUE LE PLUS GRAND MIRACLE C'EST TOI)
En la risa de los niños, descubri la solución
(DANS LES RIRES DES ENFANTS,
J'AI TROUVÉ LA SOLUTION)

Remerciements

À Olivier Nora, Jean-Marie Laclavetine, Laurence Lacour, Seymourina et Sarah Cruse qui m'ont encouragée et accompagnée en amont dans la publication de ce texte.
À la famille Muller sans qui rien n'aurait été possible. Ou du moins, tout aurait été encore plus compliqué.

Achevé d'imprimer en septembre 2023
sur les presses de la Nouvelle Imprimerie Laballery
58500 Clamecy
Numéro d'impression : 309165

Imprimé en France

La Nouvelle Imprimerie Laballery est titulaire de la marque Imprim'Vert®